FITCHBURG PUBLIC LIBRARY
3 8123 0004 8109 9

WITHDRAWN

SUEÑOS DE PERRO

Guillermo Orsi

Sueños de perro

Umbriel

Argentina • Chile • Colombia • España
Estados Unidos • México • Uruguay • Venezuela

Aribau, 142, pral. - 08036 Barcelona
www.umbrieleditores.com

ISBN: 84-95618-74-5
Depósito legal: B. 31.919 - 2004

Fotocomposición: Ediciones Urano, S. A.
Impreso por Romanyà Valls, S. A. - Verdaguer, 1 - 08760 Capellades (Barcelona)

Impreso en España - *Printed in Spain*

A Estela
A Rubén Tizziani
A Carlos y Charo, siempre

Índice

PRIMERA PARTE

Ya nada es igual

1

La noche en que asesinaron al Chivo Robirosa yo estaba muy tranquilo mirando la tele en casa, tomándome el segundo whisky y paladeando ya el tercero. Cómo iba a imaginar que mientras desde la caja boba tres políticos mediocres le mentían una vez más al pueblo prometiendo dar trabajo a todos y promover la justicia social, a un viejo amigo lo estaban ejecutando de un limpio tiro en la cabeza.

El Chivo Robirosa había vivido sus últimos años en lo que las inmobiliarias ofrecen en alquiler como «departamentos antiguos en San Telmo», aunque en realidad se trate como en este caso de un conventillo en el barrio de Constitución, un edificio achacoso sobre Tacuarí casi esquina Caseros en el que dos por tres desembarca la policía para llevarse bolivianos ilegales y chulos que no tienen su cuota al día con el comisario.

Claro que había conocido épocas mejores, y es lo que más duele cuando los amigos se vienen abajo con toda la estantería: ser testigo de esa lenta derrota después de haberlos visto en su esplendor. No jode tanto la propia, uno se va aceptando de a poco frente al espejo y acaba por entender que nada es definitivo ni importante, todo pasa y el olvido seca pronto las heridas como un viento fresco del oeste. Además, a uno nunca le fue tan bien como para decir que ahora esté francamente peor. Se tienen más años, eso es inevitable, las mujeres y algunos amigos se borran con cualquier excusa y a veces sin ellas. Nada trágico, ni que resista media botella al hilo de scotch nacional.

Lo del Chivo fue distinto. Había sido estrella del rugby, deporte que en un país obsesionado por el fútbol se atribuye a los ricos pero que, sin embargo, se practica bastante entre los negritos del interior. El Chivo era cordobés, de La Calera, uno de los primeros pueblos que coparon los Montoneros en la década del setenta, él tenía veinte años y nunca entendió muy bien qué buscaban aquellos tipos armados hasta los dientes, de los que después todo el mundo habló y que Perón echó de la Plaza cuando fue presidente por tercera vez, poco antes de morirse. Lo único que le interesaba al Chivo era el rugby, jugaba de primera línea o algo así, las reglas de ese amasijo humano son un completo misterio para mí, sólo sé que se empujan y se revuelcan y que, cuando alguno se desprende del montón, todos en la cancha gritan y alientan al solitario corredor que no para hasta llegar al fondo de la cancha o hasta que lo derriban abrazándole las piernas. Pero era bueno, decían los que saben y lo decía él mismo a cada rato. Fuerte, aguerrido, un toro entre los fémures de los otros jugadores, más bien retacón y muy moreno, pegaba gritos bajo las bolas y entre las rodillas de sus compañeros y el amasijo le obedecía como un animal de circo hasta que él salía disparado hacia el fondo de la cancha, ovación de la tribuna y try, que se pronuncia «trai» y es la coronación de una jugada exitosa.

Tan bueno era jugando con esa absurda pelota ovalada que un día lo descubrió un entrenador italiano y se lo llevó a Florencia, después de hacerle firmar un contrato en liras que sacó al Chivo de la pobreza por casi todo el resto de su vida. En Italia jugó como profesional media docena de años, hasta que un africano se le cayó encima y le partió la clavícula, obligándolo a renunciar en mitad de la temporada y en la plenitud de su carrera, cuando le quedaban por lo menos dos años de estrellato asegurado.

Volvió enyesado y con un buen montón de pasta en el banco. «Ese caníbal me salvó la vida —dijo por el africano cuando fuimos a buscarlo al aeropuerto —al quebrarme la espalda en la cancha, evitó que cualquier día un resentido me rompiera la cabeza en algún callejón.» Nos contó que la camorra se la tenía jurada porque se había negado a ser transferido a un equipo de Nápoles. «Los italianos del sur se cagan a tiros entre ellos y yo en Florencia aprendí a vivir en contacto con la más refinada belleza del Renacimiento —dijo con sus apestosos humos de serrano venido a más—. Ahora tengo plata y me voy a dedicar a los negocios», anunció.

Debió irle bien porque dejó de frecuentar a sus amigos de la pobreza. Se instaló en un departamento de Recoleta y, aunque me dio el teléfono, me harté de llamarlo y de dejarle mensajes en el contestador automático a los que jamás respondió. Alguna vez hasta apareció en los diarios, fotografiado en reuniones de empresarios, sentado muy cerca del presidente de la nación y mencionado en los epígrafes, junto a otras celebridades, como «José Alberto Robirosa, importador y exportador». De qué, nunca lo supe y difícil ya que me entere, ahora que palmó en un inquilinato de verdadera mala muerte.

«Vieja gloria del rugby asesinado de un balazo», anuncia el titular de *Crónica* junto a una foto de cuando el Chivo triunfaba en Italia, el más chiquito y negro en un equipo de ursos rubiones que debieron sentir su cuota de desprecio por ese habilidoso sudamericano que se les escurría entre las gambas y al que nadie paraba hasta convertir bajo los palos.

Me enteré de la noticia y llamé a Charo para darle el pésame, pero Charo me desayunó con que no vivía con el Chivo desde hacía quince años. «Era un triste ejemplo para los chicos, Mareco, ese desgraciado no paraba en casa —dijo con alguna pena que le estranguló la voz, aunque también pudo ser una retroactiva indignación—: tragos desde la mañana temprano, mujeres que lo llamaban en mis narices, coca a discreción, se patinó todo lo que había ganado en Italia, tomaba y se daba tanto que en los últimos tiempos se le trababa la lengua y de vida íntima ni hablar, un desastre. Agarré a los chicos y me fui a lo de mi madre en Chascomús. Le dejé una carta, pero no sé siquiera si la leyó porque jamás llamó ni vino a vernos. No me extraña que haya terminado de esa manera, alguna deuda, seguro. Se salvó de la camorra italiana pero debió meterse en negocios turbios con los mafiosos de acá».

Cómo cambia la vida de un jugador de rugby cuando un africano le destroza la clavícula. Supongo que lo mismo le sucedería a un concertista si le aplastaran los dedos con la tapa del piano: el hedonismo aparece entonces como la fórmula mágica para reemplazar al arte, y el Chivo era después de todo un artista, un creativo nato al que el público admiraba y los demás jugadores soportaban porque les hacía ganar partidos y cobrar los premios, pero en el fondo de sus embarrados corazones coincidían con la camorra en querer verlo muerto.

Esa presión debió sentirla el Chivo en cada jugada y hasta en su vida cotidiana tan lejos del barrio y de la Argentina, un cordobés que chapuceaba el italiano sin perder la tonada, chiquito y negro y jactancioso pero por dentro un tipo sensible, un melancólico que extrañaba las siestas y las partidas de truco en el boliche de La Calera, las guitarreadas, las perfumadas noches de serenata en que salía con los vagos a regarle los sueños a las bonitas del pueblo. «Es lo que más se sufre, Mareco —me contaba en sus cartas de recién llegado a Florencia—, acá todo el mundo se acuesta temprano, las ventanas de las casas parecen tapiadas y en las calles no quedan ni los gatos, si hubiera toque de queda habría más gente. Y vos sabés que a las minas nunca las conquisté con mi cara de galán, precisamente. Necesito cantarles para que me den bola. Acordate de cómo me levanté a la gallega: cantándole una zamba del Chango Rodríguez y recitándole con música de fondo unos versos de Neruda que vos me copiaste de *Marcha*, ese pasquín uruguayo y comunista que comprabas en los quioscos del centro.»

Rosario, la pobre Charo que la noche de su muerte pareció más indignada que dolida, «la gallega» que se quedó en Buenos Aires con el hijo varón que habían tenido un año antes, y a quien el Chivo volvió a embarazar en uno de sus viajes relámpago, no sé si por tener otro pibe o por evitar que lo siguiese a Italia.

Lo cierto, lo más cercano en el tiempo y tenebroso, es que al Chivo se lo cargaron. Dicen que llegó un travesti cojo preguntando por él y alguien que vive en la planta baja le indicó la pieza, «segundo piso por esa escalera del fondo». En el techo de aquel puterío hay un palomar, mensajeras que van y vienen sin llevar mensajes a nadie porque hoy existen los emails. Cuando sonó el tiro, el medio centenar de palomas se espantó y estuvieron revoloteando sobre la terraza sin atreverse a bajar durante por lo menos media hora. «Volaban en círculos —declaró a los de la televisión una vecina—, parecían buitres, murciélagos, cualquier bicho menos palomas.» «¿Conocía al occiso?», le preguntaron los de la tele y la vecina infló el buche como una paloma más, envanecida por su notoriedad: «Un pobre diablo. Tenía más bien pinta de criollo, aunque dicen que hace mucho tiempo fue medio crack en uno de esos juegos raros que por aquí juegan los extranjeros rubios».

2

Dos días después de su muerte ya nadie se acordaba del Chivo Robirosa. Charo volvió a irse a Chascomús para borrar el asunto, llevándose a los hijos que hacía años que habían olvidado la cara del padre. No sé siquiera si se enteraron de su desgraciado final, y puesto en el lugar de la viuda creo que no les habría contado nada, ya tendrán tiempo los pibes cuando sean mayores de escarbar buscando el hueso de la verdad y elegir después por la obra social al sicoanalista que tengan más a mano para elaborar el duelo.

Como vivo solo tampoco volví a hablar con nadie del Chivo, aunque la idea de darme una vuelta por el hotel donde lo habían despachado me rondaba inexplicablemente, una obsesión hueca, una clase de vértigo que me convocaba a asomarme al vacío sin ningún fin práctico y con la posibilidad de estrellarme la cabeza contra el fondo. De todos modos no creo que hubiera ido si la carta no hubiera llegado aquella mañana a mis manos.

La tiró el portero por debajo de la puerta, junto con una factura de la telefónica y un requerimiento del abogado de mi ex mujer a ponerme al día con las cuotas de alimentos que no pago desde hace cinco años. Hacía calor, enero al rojo vivo, Buenos Aires se pone insoportable en una torre de veinte pisos enfrentada a otras torres de puro cemento, en el alguna vez elegante y hoy promiscuo barrio de Belgrano.

«Míster Sebastián Mareco», habían escrito y, aunque el sobre no tenía remitente, supe que era carta de mi viejo amigo muerto. El único que todavía me decía míster era él, porque a pesar de mi apellido italiano mi madre era más inglesa y conservadora que Margaret Thatcher. Nunca entendí por qué se había casado con un italiano violento de Calabria, secretos del alma femenina o el recuerdo de viejos orgasmos guardados como relicarios. «Marequito del alma, querido amigo injustamente olvidado por mi corazón ingrato», encabezaba el Chivo aquella carta de caligrafía irregular, escrita con el pulso tembloroso de un alcohólico o de un parkinson avanzado que sin embargo, por el tono, no había bloqueado aún su capacidad de razonar y recordar. «Ni hace falta que te aclare que estoy en aprietos; para qué, si no, iba a escribirte después de tanto tiempo. No se trata de guita, no te asustes, aunque mal no me vendría cuando la fiesta que fue mi vida durante muchos años me pasa facturas de las que nadie se hace cargo. Pensé en llamarte por teléfono y encontrarnos pero me da vergüenza que me veas así. Vos sabés, no hacen falta los detalles: *la marabunta de la vida*, ¿te acordás?, así la llamábamos, cuando nos cruzábamos con algún viejo conocido, compañero del colegio o de la milicia, achacoso y resentido. *Otro más al que le pasó por encima la marabunta de la vida*, decíamos, y nos cagábamos de risa para espantar a nuestras propias hormigas.

»Pero al grano, che, que somos gente grande y el tiempo no nos sobra.

»Me quieren matar, Mareco. No lo tomes en joda, va en serio. Qué hice, te preguntarás. ¿Pero es que hay que hacer algo, o algo justifica apurarle el final a un tipo como yo? No le robé la hembra a nadie. Con qué, además. Pobre, viejo y con la salud medio arruinada. Ni Frankestein se pondría celoso porque cruzara un par de miradas con su novia. Mi único pecado en los últimos diez años —fijate qué cráter lunar en mi vida, un solo pecado en toda una década— fue quedarme con un cambio. Sabés cómo es esto y te imaginarás en qué ando, o andaba, hasta hace un mes: en esquivarle el bulto a la miseria y no tener que dormir a la intemperie. Un ex compañero del club, Abel Sagarra, y otro que fue boxeador y de los buenos viven bajo la autopista, a la altura de Combate de los Pozos; cirujean y de vez en cuando, con una pilcha planchadita que protegen en medio de una pila de diarios, se mandan en un supermercado: el púgil llena el carrito y Sagarra después lo empuja afuera con la potencia y velocidad de locomotora que todavía conserva de cuando jugó hace treinta años contra los franceses, el viejo zorro. Aunque a veces lo alcanzan y van los dos a parar a la comisaría y los trituran a palos. Pero a pesar de las palizas, comen y mantienen los reflejos.

»Yo no puedo entrar en ésa. Nunca me ha dado el cuero por ser chivato ni para revolver basura, y me gusta dormir calentito, aunque en este departamento antiguo de San Telmo tengas que pedir permiso a las cucarachas para ir al baño. Pero al grano, carajo.

»Mi proveedor es un tal Fabrizio. Yo no consumo más, te aclaro, la merca sale un vagón y por ahora me cubro el alma con los recuerdos de los buenos tiempos. Pero como todavía necesito comer, voy y vengo con los mandados. Como si encargaran pizzas o empanadas a domicilio. La gente llama a lo de Fabrizio —buenos vecinos, ningún maleante: padres de familia, madres solteras, hijos adolescentes, el mercado es surtido y cumplidor— y yo les llevo el pedido. El Chivo Robirosa, puesto a recadero . Cuesta creerlo, ¿no? No sé en qué andarás vos, qué tacles te habrá hecho la vida, ni te pido ahora que me cuentes. Nadie llega intacto a la edad que nosotros tenemos, aunque hasta el culo que más sangró se disfrace de trasero de la Madonna.

»El caso es que una noche de tantas, después de una entrega, vuelvo a lo de Fabrizio a rendir mis cuentas. Llamo a la puerta y nadie sale a abrirme; tanteo el picaporte y como está sin llave, entro: en el living, la tele prendida con el programa de la Susana Giménez y un cordobés contando chistes; me quedé parado frente a la tele, riéndome con las huevadas que contaba mi comprovinciano. El tipo que salió del dormitorio de Fabrizio se topó conmigo, ahí parado, y la sorpresa lo inmovilizó lo suficiente para que yo tuviera tiempo de sentir que alguien me estaba mirando. Te juro que no le vi la cara, creí que era el gordo Fabrizio y estaba por repetirle el chiste que acababa de contar por televisión el cordobés cuando recibí el empujón que me hizo trastabillar y caerme detrás del sofá con el estrépito de un armario cargado de vajilla. Cuando reaccioné y me pude levantar, el tipo había rajado.

»Vi que la puerta del dormitorio del gordo había quedado abierta y me agarró una cosa en la garganta, Mareco, el instinto me decía “ni te asomes, andate”. Pero no le hice caso al instinto y eso, en una vieja gloria del rugby, es un claro signo de decadencia. Me asomé.

»Mirá que soy un tipo acostumbrado a las trastiendas: el distinguido consorcio en el que vivo está lleno de putas de cuarta y de chulos flatulentos que aprovechan las horas de descanso para echarse en cara las traiciones. Lo que ves, escuchás y olés por esos pasillos habría convencido al Dante Alighieri de abandonar la literatura y anotarse de enfermera en la Cruz Roja.

»Pero aquello era un asco. Al gordo Fabrizio lo habían achurado, con una saña de aprendiz de matarife o practicante de cirugía que todavía hoy me revuelve las tripas recordar. En su cama, desnudo, boca abajo sobre las sábanas empapadas en sangre, como si le hubiera pasado un tractor por encima. Imaginate la escena, si podés: yo, parado en la puerta del dormitorio, mirando despavorido aquel estropicio y con la plata de la recaudación del día en el bolsillo, dos mil trescientos cincuenta y cinco mangos. Ya sé que es poca guita para un tipo como vos que vive en Belgrano y paga doscientos mangos solamente de gastos. Pero yo como seis meses con lo que vos gastás en un mes de impuestos, Mareco, a ese extremo de miseria he llegado. Y si la policía me encontraba con esa plata encima me encerraban y, después de afanármela y de destrozarme a palos una semana seguida, recién hubieran llamado al juez para darle barniz legal a la carnicería.

»Me escabullí sin tocar nada, hasta la tele quedó encendida. Pensé en volver al conventillo para no despertar sospechas pero me dije: qué boludo, si el treinta por ciento de lo que le llevo a Fabrizio se lo queda el comisario, todos saben en qué ando y lo primero que van a hacer es ir a buscarme.

»Pasé esa noche en la suite de Sagarra y el boxeador, bajo la autopista. Sagarra ahora de viejo se la come y el púgil es su amante, tuve que soportar sus puercas escenas frente a mis narices, besos y manoseos a la luz de una fogata que alimentaban con los tetrabricks que iban vaciando, qué ganas de vomitar. Menos mal que el viento sudeste soplaba fuerte esa noche y por lo menos barría los olores de ese par de tórtolos de pesadilla. Apenas amaneció los dejé, abrazados y borrachos, habían tomado tanto tinto peleón que por los siguientes dos o tres días fue fiesta nacional en sus cerebros.

»Viajé a Mar del Plata. Tomé un costera criolla que salió a las siete de la mañana y entró en todos los pueblos. Al pasar por Chascomús me dije: ¿y si bajo? Capaz que Charo se vino con los pibes. Dos lucardas en el bolsillo son suficientes para vivir un mes creyéndonos todos que papá ha vuelto a casa. Pero echar un vistazo al pasado puede ser peor que asomarse al dormitorio de Fabrizio: me hice un ovillo en el asiento del ómnibus, vi pasar por la ventanilla los chalecitos, las calles arboladas, adiviné ahí afuera el orden fragante de los jardines, el aire dulce y húmedo que a veces viene de la laguna, cerré los ojos y dormí hasta Mar del Plata.

»Y aquí estoy, Mareco. Alquilé una pieza, seis mangos por día, cerca del puerto. Me hace bien el olor a pescado, el viento del mar me da ganas de vivir un poco más. No vine de vacaciones ni voy a quedarme acá, pero en Buenos Aires me andan buscando. Gloria la Pecosa, que si te encontró en la guía te habrá llamado para darte esta carta, me contó que tras la muerte del traficante apareció un patrullero por el conventillo, a la mañana, sin aspavientos ni despliegue. Preguntaron por Rodolfo Robirosa, nada más, como para certificar un domicilio, y como se le dijo que no estaba, los canas se fueron tranquilos. Y esa misma noche, dos de civil. Los mismos buenos modales, según me contó Gloria por teléfono hace un rato.

»Tengo miedo, míster querido. Me quedé sin amigos, en estos últimos años fueron saltando del bote, vos sabés. Mi vida no vale nada, soy consciente, pero es lo único que tengo. No arruiné a nadie para hacerme rico, en eso estoy tranquilo, más bien jodí a unos cuantos por volverme pobre. Mis negocios fueron un desastre, creí que para pasarla bien alcanzaba con pagar unas copas a los amigotes y tener alguna minita querendona que no me exigiera relación de dependencia. A Charo, sí: le estropeé la vida. Pero me pedía demasiado. Creo que cuando ese negro caníbal me partió la clavícula en Italia, también se me rompió algo más adentro, ya no pude querer a nadie, ni a mis propios hijos. Charo hizo lo suyo por separarme de los pibes, no es inocente, pero en todo caso se quedó esperando que yo cumpliera un juramento que debí hacerle cuando viajé a Italia por primera vez, con el contrato en dólares. No sé qué le dije, ya me olvidé, pero no es difícil, con la omnipotencia que da la guita, imaginarme haciendo promesas como un político en campaña.

»Se me acaba la paciencia para seguir con esta carta, Mareco, no soy escritor, soy un tipo de acción al que expulsaron hasta del banco de suplentes y es tiempo de descuento. Con esta carta, Gloria la Pecosa va a darte una luca y media. Sos el único amigo que me queda y también el único, además, a quien Charo respetó siempre, no sé por qué carajo, a lo mejor estaba enamorada de vos, viejo atorrante, pero a esta altura qué importa si me metieron los cuernos. Llevale esa guita, que no es nada, pero seguro que le sirve. Tiene deudas, estoy seguro, la hipoteca, gastos todavía con los pibes, la madre vieja. La vida de cualquiera se va llenando de sombras cuando pasan los años. Haceme ese favor, aunque haya pasado tanto tiempo sin vernos. Ojalá Gloria la Pecosa encuentre tu teléfono en la guía, te perdí el rastro pero no debés andar muy lejos, siempre fuiste un tipo sedentario, no te veo jugando al exilio, hablando de tú y criticando a los argentinos, como tanto pajarraco austral suelto por el mundo que aprovechó la dictadura de Videla para mostrar la hilacha.

»Gloria la Pecosa no tiene pecas pero se las pinta cuando trabaja. Es joven y linda, si está arruinada no se le nota. Dice que me quiere, por el edipo no resuelto, claro, y porque la divierto a pesar de que le cuente siempre lo mismo, el replay de mis mejores jugadas. Chau, míster. A lo mejor todavía nos vemos, qué sé yo.»

3

Ya no volveríamos a vernos, estaba claro. Y la herencia del Chivo brillaba por su ausencia. Aquella carta alborotó el altillo donde mis neuronas duermen en rincones llenos de polvo. Como una corriente de aire irrumpiendo en un lugar estancado, en un depósito de arrugados recuerdos.

Lo habían matado por nada, si su historia era cierta. Por quitarse de encima a un probable testigo que sólo recordaba a otro cordobés como él contando chistes en la tele y la imagen del cuerpo despanzurrado de un distribuidor de barrio, un minorista.

Todo ese día y el siguiente me quedé esperando a que apareciera Gloria la Pecosa, o cualquiera que me explicara qué hacía el Chivo en su departamento antiguo de San Telmo la noche en que lo borraron, por qué había ido a meter la cabeza en la boca del león cebado. Pondría la luca y media de mi bolsillo y se la llevaría a Charo, decidí al final del día después de haber recibido la carta: «Te dejó esto —le diría—, no era tan mal tipo el Chivo». Y aunque putease, de nuevo indignada y más sola que nunca, la gallega tal vez guardaría de ese supremo atorrante una memoria menos turbia.

Mientras tanto, seguí trabajando. Daba vueltas por medio Buenos Aires con el taxi y con cada pasajero sufría una absurda decepción. A lo mejor esperaba verlo todavía en una esquina, más joven y entero, haciéndome señas para darse una vuelta conmigo. «¡Míster Mareco!, ¿qué hacés de taxista? A vos también te dieron duro, ¿eh? Llevame al centro, dale. Voy a culearme a una gringa que me hace feliz.»

Me parecía mentira que con tanto desahuciado suelto, tantos descosidos que cuelgan de los hilos porque no hay alma piadosa que se atreva a cortárselos, le hubiese tocado a él, sobreviviente nato, náufrago por naturaleza de este país que se fue a pique hace rato sin que nos diéramos cuenta.

Cuando volví a casa, en la tarde del tercer día, encontré el llamado en el contestador.

«¿Mareco?», preguntaba como acariciando una voz de mina. «¿Mareco? Contestá si andás cerca... ¿Mareco?» Una pausa y un suspiro de impaciencia: «Soy Gloria, Mareco. La carta que recibiste no te la mandó el finado». Una risita pequeña, de muñeca a la que se le aprieta el ombligo de plástico: «Tengo algo para vos, Mareco. Buscame».

Y yo, que había pensado mal de la Pecosa. Sin mirarme a los ojos, sin saber siquiera si existía, ya me calentaba de esa manera.

El Chivo siempre había sido bueno para elegir sus relaciones. Acertaba con el afecto, como un buitre con el cálido corazón intacto en medio de la carroña. No lo imaginé nunca con mujeres frígidas, aunque no sé qué hizo de su vida después que dejó el rugby.

Buscame, rogó la Pecosa, pero dónde. La comunicación se había cortado y no volvió a llamar.

Me di una ducha, encontré al peón del taxi en la parada de siempre —Avenida de Mayo y Piedras— y le di el auto para la vuelta nocturna.

—El primer viaje lo hago yo —le dije—, llevame a Tacuarí y Caseros.

4

Quien conozca Buenos Aires sabe que las avenidas De Mayo y Rivadavia la cruzan de este a oeste como el muro a Berlín, antes de que lo tiraran abajo. El obelisco, la Recoleta, el barrio norte y el puerto reciclado, la vidurria de los restoranes, las librerías de Corrientes con Joyce, Faulkner y Kafka por un peso, el Colón con Pavarotti o Plácido Domingo que cobran fortunas por trinar en el Tercer Mundo y la sinfónica nacional o el ballet estable currando todos los días y casi por nada. Ciudad engreída y pretenciosa por un lado, Berlín oeste. Y desolada por el otro, oriental sin comunistas. Oriente que para colmo es sur, paredón y después, final sin sorpresas, esa clase de abandono que hasta deja tiempo para la melancolía, como un bandoneonista al que un infarto acuesta de a poco sobre el fueye.

Tacuarí y Caseros, puterío con categoría de hotel para familias, no era el mejor lugar para hacer un examen de conciencia.

—Tenga cuidado —me aconsejó el peón del taxi cuando llegamos, como si le importara.

Planta baja y dos pisos, sin puertas, un pasillo mugriento y oscuro donde a lo mejor a comienzos de siglo hubo alfombra roja. El Chivo tenía razón, gritos y olores saturan esos inquilinatos sin verdaderos inmigrantes, colmados de hermanos latinoamericanos sin agallas para convertirlos en conventillos de buena ley.

Encaré como si fuera de la casa, aunque sólo tuviera la descripción seguramente fantasiosa de la crónica del diario. Por la mitad de la escalera hacia el primer piso se me cruzó una gorda desaliñada, un coágulo de pura grasa transpirada preguntándome *qué busca*. Le dije que allí había muerto un amigo y que, como según su testamento me había dejado algo, venía a ver si lo encontraba en la que había sido su pieza.

—¿Cómo sé que no es poli?

Ocupaba, increíblemente, casi toda la luz de la escalera. Para pasar, tendría que haberme sumergido en ese pozo ciego adiposo, abrirme paso entre sus carnes como si estuviera naciendo de nuevo a los cincuenta y siete. Preferí hacerme amigo de la gorda.

—Lo sabe, simplemente —dije sonriendo.

—Tiene razón —aceptó, halagada porque le reconocieran su olfato—, los polis apestan.

Giró despacio, resoplando, y me dijo que la siguiera.

—Aunque a esa pieza la ocupan ahora dos familias de bolitas. Si había plata de su amigo ahí, despídase.

—De todos modos era poca —la consolé.

—Tratándose del Chivo, un cambio de cien ya sería una fortuna —dijo la gorda.

Se detuvo frente a la puerta de la habitación y la abrió de un saque, estilo Gestapo.

—¡Afuera! —les gritó a los bolivianos que, amontonados en dos catres como cubanos sobre sus balsas, estaban comiendo con la mano albóndigas con puré—. ¡El señor viene a revisar!

Nadie protestó. Salieron mirando al piso, dos hombres con sus mujeres y media docena de chicos, callados y en fila, masticando las albóndigas.

—Mire bien —dijo la gorda, severa—, a ver si estos ladrones no se quedaron con algo.

Escuché un murmullo a mis espaldas mientras entraba, le reclamaban a la gorda que los llamara ladrones pero el rezongo sonaba como un rezo, las eses afiladas por el odio, aunque al mismo tiempo el miedo les apretara las mandíbulas.

Me dio un poco de asco revolver en esos hatos de ropa tirados en el piso o arrugados en valijas de cartón, asco por el olor y la mugre, y asco por mí mismo. Esa gente debió vivir con alguna dignidad en las afueras de La Paz o de Oruro, y hasta en los húmedos arrabales de Santa Cruz de la Sierra. Sin embargo estaban en aquella mazmorra, encandilados por quién sabe qué promesas de subterránea prosperidad. Difícilmente reconocerían ante el espejo su estirpe de indios secos y misteriosos, humillados por una ciudad extranjera opresiva y racista de la que, en ese momento, la gorda había asumido su rol de sacerdotisa.

—No se preocupe, son ilegales —me dijo al oído con su aliento a cebollas—, un perro vagabundo tiene más papeles que éstos. ¿Encontró algo?

Encontré una foto. Los bolivianos le habían puesto un baúl encima y el papel se había quebrado. Pero ahí estaba, aunque fracturada, la sonrisa joven y la mirada limpia del Chivo.

—Mi amigo —me ufané ante la gorda—. El estilo de campeón nunca se pierde.

—¿Eso buscaba?

No le confesé que buscaba mil quinientos dólares en efectivo porque se me habría reído en la cara. Le hablé, en cambio, de Gloria la Pecosa. No hizo falta que la describiera, parecía conocerla bien.

—Buena piba —resopló mientras con un gesto les daba permiso a los bolivianos para volver a entrar—. No tan puta como ella cree porque se enamoró de ese carcamán, lo tomó de padre, qué sé yo: hay hembras jóvenes que se mojan por un viejo verde.

—Yocasta.

—¿*Yoqué*? —reculó la gorda.

No era ése el lugar, la oportunidad ni la interlocutora para hablar de Sófocles. Guardé la foto del Chivo y le di diez pesos a la gorda, sin sospechar que iba a retribuirme con un beso pegajoso en la mejilla, demasiado cerca de la boca.

—Estoy tan poco acostumbrada a tratar con gente —dijo a modo de despedida y homenaje.

5

La excursión al inquilinato me había quitado el sueño y me había despertado la curiosidad por la herencia del Chivo. Decidí buscar a la Pecosa.

—Ronda mucho por la avenida Brasil y laterales, zona de hoteles no precisamente cinco estrellas —me había orientado la gorda. —Usa minifaldas muy cortitas y blusas de encaje ajustadas.

—Si es una puta no va a andar vestida de carmelita.

—Pero aunque anduviera, todo le queda bien, parece una modelo de las que almuerzan con Mirtha Legrand o salen en la tapa de la revista *Gente*. Y casi no se pinta, es muy joven.

En mi juventud me ufanaba de no haber pisado nunca un prostíbulo, aunque ya crecido descubrí que no pagar por lo que a uno le gusta es pura soberbia, una tara congénita de pequeñoburgués intoxicado con Marcuse. El sexo va por las calles como barquitos de papel por las alcantarillas: zarpa con gallardía, despedido por multitudes entusiastas, y termina sus viajes estrujado y solo, encallado en alguna pieza barata o aplastado en el asiento de un auto. Buenos Aires es además una ciudad hipócrita donde las putas navegan todavía algo escoradas, de refilón contra las paredes o atracadas en los zaguanes, la policía las molesta demasiado para que puedan ir de frente y negociar al sol, sin miedo al chantaje, a la confiscación grosera o a la violación en la comisaría, sin derecho al pataleo. Porque sí, además. Porque justo esa noche el comisario no tiene ganas de negociar.

Identificar a Gloria la Pecosa no fue fácil. Tuve que caminar cuadras y cuadras por esas tensas veredas del paraíso, vigilado por ojos de gato que desde el filo de la medianera ven pasar al ovejero jadeante y torpe. Caminar, además, como si aquello fuera lo mío, lo de todos los días, como un pescador avezado que ni respira para que la trucha, feliz aunque desconfiada entre los espejos de agua de un río de montaña, muerda los colores tramposos del anzuelo.

Preguntar algo que no sea el precio es un ejercicio peligroso, la primera reacción de las putas es mirar por qué calle viene el patrullero a paso de hombre y con las luces apagadas. Me ayudó mi aspecto, supongo, el mismo que me había ganado la complicidad de la gorda del inquilinato, aunque no pude evitar que dos chulos me cegaran en una encerrona con el brillo del acero de sus navajas. Les expliqué para qué buscaba a Gloria la Pecosa, aunque creo que hablarles del Chivo Robirosa fue lo que me salvó de un tajo preventivo.

Resultó que gracias al Chivo, ese par de empresarios de la calle había descubierto el rugby y ahora seguían las campañas del seleccionado nacional con una pasión secreta, como si por celebrar una victoria de los Pumas ante el seleccionado de Francia o un empate con el de Nueva Zelanda en Auckland estuvieran traicionando su condición de fanáticos de Boca Juniors.

—El Chivo fue un grande, un verdadero crack —dijo uno de ellos—. Un buenazo, además, un angelote —dijo el otro—. El que lo mandó a matar es un profanador —agregó el primero—: hay que cortarle las manos para que se muera desangrado.

Gracias a aquellas dos almas sensibles no tuve que caminar más para encontrar a la Pecosa.

6

Lo que atrae de una mujer no es su belleza sino su femineidad. Mal que les pese a los transformistas, la amistad y el amor no pueden falsificarse ni copiarse en una Xerox. Que al Chivo lo hubiera matado un travesti podía parecerme una burla o un mensaje cifrado, pero jamás aceptaría la conjetura de Gloria la Pecosa: «Puede que fuera bonito, a lo mejor tu amigo... no sé... a la vejez viruela».

Me recibió a media cuadra de donde me habían encerrado los fiolos, no estaba yirando sino sentadita en un bar, café recién servido y celular sobre la mesa.

—Sabía que ibas a encontrarme, Mareco. El Chivo te recordaba bien, confiaba en vos. Pero yo no te conozco.

Pedí una ginebra y me quedé mirando a aquella mocosa de rizos y ojos negros rabiosamente delineados. No encontré las pecas.

—Me las pinto para trabajar —explicó, sosteniendo mi mirada—, por hoy ya terminé, te aviso para que no te hagas ilusiones.

Me pregunté si con la misma ligereza con que se borró

las pecas podría haberse borrado la tristeza, o por lo menos la perplejidad, por la muerte del Chivo.

—Acá me siento segura —explicó—, los muchachos van y vienen, es mi territorio. Pero ahora que te veo se me fue la desconfianza, dame un trago de ese veneno.

Se liquidó el vasito de ginebra y se le enturbió la mirada, que desvió hacia la calle. La chicharra del celular me sobresaltó, aunque ella lo dejó sonar un rato antes de atender.

—Hola, corazón, treinta la media hora con una práctica, cincuenta la hora completa con dos, pero llamame mañana, ya terminó mi turno, chau.

Cortó sin dar tiempo a su interlocutor de pedirle rebaja o armar una cita. Había hablado en un tono monocorde de contestador automático, y desconectó el aparato. Después se revolvió los rizos con las manos, como para escurrírselos o despejarse la cabeza, y me dedicó por fin una mirada con sonrisa.

—Hola, Mareco —dijo.

No sé por qué lo hice, a lo mejor para devolverle el gesto amistoso, o por agradecerle que se hubiera tomado mi ginebra y evitado la acidez fatal que me provoca: le mostré la foto que había encontrado en el inquilinato.

—¡Guau! Era resultón el guacho, de joven.

Había sido recortada de una revista y el Chivo posaba con el equipo —Cuba, tal vez, por la camiseta— donde había jugado un campeonato, antes de irse a Italia.

—Tenía veinte años. Había terminado la mili , jugaba en primera y el padre, que era mecánico en un tallercito de La Calera, quería ponerlo a engrasarse la vida. Pero el Chivo la tuvo clara, quiso surfear la ola de los ganadores y estuvo arriba unos cuantos años. No sé qué le pasó.

—Tengo que ir a mi segundo trabajo —me interrumpió la Pecosa, como si no le importara lo que le contaba—. Acompañame, si tenés ganas de trasnochar un rato. Después hablamos de tu amigo.

El segundo trabajo pecoso era otro hobby: cantaba tangos en un bar de mala muerte de la calle Brasil. Entre las dos y las tres de la mañana se enroscaba en el cuello los ajados armiños de Cadícamo, taconeaba casi como una bailaora flamenca las taquicardias de Mores, y la luz de escena —un par de focos destartalados que más que colgar del techo parecían suspendidos en telas de araña— se descomponía como atravesando vitrales misteriosos cuando caminaba por la poesía de Manzi como por las veredas de levante, moviendo el culo y casi afónica, y encaraba con una especie de striptease las desnudeces metafísicas de Discepolín.

Después de la faena se quedó muy quieta agradeciendo los pocos aplausos, mientras se maceraba en sus jugos y el olor a sobacos y a vagina era un pequeño tifón, una miniatura transparente de intensos perfumes incestuosos que daba vueltas por el boliche como guiado por el mouse de una computadora.

—¿Te gustó?

¿Qué decirle? Cantaba fuerte, nadaba sin asco en el riachuelo del dos por cuatro. Era demasiado piba para imaginarle una niñez entreverada con los guapos afantasmados del tango. Vacié el vaso de whisky antes de aceptar que lo que tenía, a lo mejor, no era otra cosa que talento. Pero de puro jodido no le dije que sí, sólo dejé caer la cabeza despacio, como adormecido.

—La noche no es tu patria —arriesgó, gentil, aunque le adiviné las ganas de decirme viejo choto.

—Trabajo de día —me justifiqué sin convicción, sombrío. Lo que me jodía era la dilación, el jueguito de naipes de aquellos tangos, en vez de sentarse a contarme cosas del Chivo.

Dijo que iba a cambiarse, que la esperara. El pianista que la había acompañado volvió a sentarse al piano y arremetió con un popurrí arqueológico: cargado de hombros, levantaba las manos y las dejaba caer con los dedos como garras sobre el teclado. Parecía estar cavando un pozo y a su manera debió ser eso lo que hacía, descubrir tesoros que sólo él codiciaba, y el silencio era la tierra que escarbaba y revolvía sin encontrarlos. Desde mi punto de vista, afectado por el sexto whisky de la noche, ese tipo no estaba ahí, era otro recorte como el del Chivo posando con su equipo allá lejos en el tiempo, un pedazo de papel amarillento y quebradizo, sepultado por las valijas de cartón de los bolivianos en la pieza de Tacuarí y Caseros.

El boliche languidecía. Empezó a parecerse a una estación ferroviaria sin trenes y yo, asomado al andén de una vía muerta. Entre la clientela, que no era poca, había médicos de guardia del hospital de pediatría: de vez en cuando el silbato de sus radiollamadas los rescataba del sopor, venían pesadamente hasta la barra y el dueño les dejaba usar el teléfono para enterarse de si se trataba de una emergencia o de una enfermera que no sabía qué antibiótico darle al pibe de la cama cuarenta y siete.

—La caca de chico es como la caca de perro —me confió un tal doctor Gurruchaga, según el apellido bordado en su ambo de guardia, más abrumado que borracho, mientras esperaba que en el hospital atendieran el teléfono—. Un pibe desnutrido es como un pichón de canario que ponen a entibiar en el regazo de una gata: se lo come el sistema antes de que al gurrumín le salgan siquiera los dientes de leche. Y nadie se calienta —agregó, después que lo atendieron y se enteró de que habían llevado a la guardia a un pibe de seis años triturado a golpes por el padre.

Dejé de mirarlo porque el tipo buscaba la salida sin quitarme los ojos de encima, como si fuera yo el que debía preocuparme por el pendejo que en ese mismo instante tal vez estuviera en coma. Nadie se calienta, repitió con fondo de Malena canta el tango como ninguna, de música gris que como el humo y el doctor gurruchaga también buscaba la salida, los respiraderos, las cloacas, el pozo ciego de una canción que habla de nosotros sin respeto, y que encima cantamos a coro aunque cada verso de su tumefacta letra nos insulte.

—Vámonos de aquí —ordenó Gloria.

Se había duchado y estaba a mi lado, junto a la barra, tomándome del brazo, fresca y perfumada.

Y pecosa.

7

Fuimos a su departamento, un coqueto dos ambientes sobre la avenida Montes de Oca, a dos cuadras del Parque Lezama, en el que convivía con una serenata de ronquidos tras la puerta cerrada del dormitorio. Me explicó, mientras preparaba café, que se trataba de un tal Fabio, con quien compartía las expensas pero no la cama.

—Fabio es camionero y duerme aquí una vez cada quince días; el resto del mes se lo pasa por las rutas. Dice que la Patagonia es como el patio ventoso de una cárcel: de un lado, el mar, y del otro, la montaña.

—Mucha gente va a la Patagonia buscando la libertad —dije.

—La gente dispara para donde la dejan, como el ganado en el arreo. Nadie elige su destino, Mareco. Todo está escrito.

Amaba tan fuerte como cantaba, la Pecosa. Me hundí en ella antes de que el agua para el café hirviera y después hubo que acabar de urgencia para que, al apagarse el fuego con el agua que desbordaba de la pava, el gas no nos hiciera aparecer al día siguiente como dos suicidas pelotudos. Ventilamos abriendo de par en par las ventanas del living y de la cocina; mientras el gas se disipaba, se abrazó a mí, desnudos los dos y parados junto a la puerta de la cocina. Revolviéndole el pelo que me hacía cosquillas en el pecho escuché su pedido de que no le hiciera preguntas dolorosas. No hubiera podido, de todos modos, porque ni siquiera supe qué clase de preguntas hacerle.

Durante casi veinte años la vida del Chivo había sido un completo misterio para mí. El dolor, que seguramente existió, fue una materia extraña y remota, inaccesible por lo menos esa noche en la que hubiera preferido no haberlo conocido, creer que esa mina era mía por derecho propio, porque me la había ganado, y no el reflejo de otra historia, una imagen capturada en el aire como una mariposa.

Elogió mis esforzadas erecciones con conceptos de maestra de escuela ensalzando la mejor composición tema la vaca del grado. Me habló después de Rabindranath Gore Fernández, algo parecido a un gurú, nacido a mitad de camino entre Bombay y Villa Fiorito, y a quien ella y el Chivo habían ido a consultar un par de años atrás.

—El Chivo siempre andaba buscando a alguien que le devolviera la paz —dijo, sentada en bolas a lo buda sobre la alfombra, mientras fumaba y me acariciaba el sexo como se atiza una brasa para sostener por lo menos su mortecina lumbre—. Parece que la pelea con él mismo era muy dura y antigua.

—Puede ser —admití—, a nuestra edad, eso es lo más común. ¿Qué les dijo el gurú?

—Que nos cuidáramos del sida. Y que el amor no se hace por placer sino para restablecer el equilibrio de los cuerpos y salvarse del vacío al menos por un rato. «No llueve cuando la presión es alta —dijo—, el cielo en esos días es luminoso y diáfano, el día es perfecto.»

—Estabas enamorada, entonces, o algo así.

La Pecosa sonrió, conmovida por mi ingenuidad.

—«Algo así» —dijo, tirando de mi pájaro como de la válvula de una esclusa.

—De un viejo pobre, de un fracasado —me ensañé.

Siguió tirando, suave, sabia y oportuna como la lluvia, diciéndome sin palabras que toda vejez es fracaso, que el tiempo nos desnuda y quema nuestras ropas, y ya no hay chance de volver a esconderse, a disimular, a ser otro.

—El Chivo no le tenía miedo a la muerte —dijo—, pero no le busqués la vuelta, no te compliques. Lo que te contó en esa carta es cierto, él no jodía a nadie. Lo mataron porque estuvo donde no debió estar. Como a un perro que se cruza en la ruta cuando viene un auto a ciento cuarenta. No pudieron esquivarlo.

La Pecosa fue a buscar la plata. Antes, se lavó las manos en la pileta de la cocina y sacó el dinero de un tarro de yerba. Mil quinientos, intactos.

—Todos sus bienes —dijo, dándome el rollito de billetes de cien pesos—. No creo que a la viuda le sirva para mucho. No sé cómo llegó a eso, francamente no lo sé, Mareco —agregó después, cuando yo estaba ya vestido y afuera amanecía, un resplandor gris contra el paredón del edificio vecino recortado en la ventana del living—. Él preguntaba lo mismo pero nadie te contesta esas preguntas. Como si vos buscás una calle cercana y la gente te indica cómo llegar a otra, en el culo del mundo, al otro lado de la ciudad.

Le di un beso en la frente antes de irme. Frente al edificio estaba estacionado el camión que manejaba su compañero de departamento, un semirremolque con cámara frigorífica. A cuántos perros les habría pasado por encima sin que Fabio el patagónico levantara siquiera el pie del acelerador.

—¿Puedo volver a verte? —le había preguntado a la Pecosa antes del beso paternal.

—Pero en la calle —se atajó, empujándome suavemente al palier. Su cuerpo parecía vibrar bajo la bata de seda con que se había cubierto para acompañarme hasta la puerta, los senos pujaban por abrir el escote que ella cerraba con la mano izquierda bajo su cuello para protegerse de la corriente de aire—. Para amores sin salida, con el del Chivo tuve bastante.

«Patagonia soñolienta», había escrito el camionero sobre las puertas de su semirremolque. Pensé en esos desiertos por los que iba y venía transportando carnes congeladas, a un lado el mar y al otro la montaña, al sur el frío y al norte nada, otro desierto pero lleno de gente que mira para otro lado. Otro ventoso patio carcelario, lo que llaman Argentina. Eternidad desolada y sin visitas.

—Mala noche —me descargó a modo de saludo el peón del taxi, cuando lo encontré a las seis de la mañana en avenida de Mayo y Piedras—: me asaltaron, se llevaron el coche y toda la guita.

8

Rutina. La denuncia policial, los trámites en la compañía de seguros, la aparición del auto dos días después con algunas abolladuras y sin la radio, de nuevo en la calle y a currar dos horas más por día para tratar de recuperar lo perdido. Rutina también la llovizna de los días borrando las huellas que nos comprometen, que indican que venimos, a veces, de algún buen recuerdo, de una hora en algún lugar que valió la pena.

No tenía ganas, sin embargo, de buscar a la Pecosa en sus lugares de trabajo. En el fondo de mi corazón destartalado pretendía que fuera ella quien volviera a llamarme, oír su voz en el contestador convocándome a seguir el juego. Pero entraba en casa y en el contestador los mensajes de siempre: un par de amigos invitándome a ir de pesca el fin de semana, mi hermana preguntando si estás de novio que no aparecés ni hablás por teléfono tus sobrinos quieren verte, y el llamado estimulante de mis hijos, uno, para anunciarme que abandona el bachillerato, y el otro, que quiere hablar conmigo de hombre a hombre.

—Tenés que saberlo, viejo, y tengo que ser yo quien te lo diga, no es fácil para mí, son cosas que pasan.

Lo escucho como si se tratase de una conversación ocasional en el asiento de al lado del metro, se me debe notar escandalosamente la cara de póquer que pongo cuando la realidad me supera porque Gustavo se queda esperando a que reaccione como si me hubiera desmayado. Como si le resultara imposible deducir que mi mirada vidriosa es de puro estupor.

—Las cosas que pasan me están pasando todas a mí últimamente. Primero, matan a un amigo en desgracia, lo matan como a un perro, y en vez de salir a vengarlo o a buscar justicia me enamoro de la hembra con la que mi amigo había compartido un amor chacabuco pero cierto. Pero la hembra no quiere verme a deshoras, por si fuera poco es puta y canta tangos en un tugurio de la avenida Brasil.

—Deberías vender el taxi —es el consejo del hijo que vino a hablar conmigo de hombre a hombre—, o tomar a otro peón que cubra tu turno. Es un trabajo peligroso. Tenés la jubilación del banco, el alquiler de la casa de Flores, con eso podés vivir tranquilo y pagarle los alimentos atrasados a mamá.

—¿Alimentos para quién, para el vago de Huguito que no quiere agarrar más un libro? ¿Te envió tu madre, entonces, o es una misión tuya de buena voluntad?

Se va, ofendido. No hay portazo porque estamos en un bar: se levanta de la mesa y me deja plantado con su revelación, como quien paga su parte y además deja propina.

Lo vi salir, cruzar la calle mojada por la cansina lluvia de enero, perderse en el gentío. Tuve ganas de pararme sobre la mesa, patear los pocillos vacíos y gritar que todos los que estaban en ese bar eran unos cornudos, cornudos reconcentrados frente a sus cafecitos, cornudos melancólicos, fumando solos o en cornudas parejas aburridas, de gritar les pago una vuelta de cicuta, el barco ya se hundió, manga de cornudos, qué esperan.

Pero puse un billete de cinco pesos sobre la mesa y salí yo también como si me cerrara el banco, quién no tiene en Buenos Aires un vencimiento, una reunión de negocios o una citación en tribunales: me subí a la corriente y me dejé llevar por las ciegas multitudes. No podía pensar, no toleraba la sospecha de que cada idea estuviera en su sitio como pieza de ajedrez y que quien decidiría los próximos movimientos no fuera yo. ¿Eso mismo le habría pasado al Chivo? ¿Esa sospecha lo habría desgarrado hasta dejarlo en carne viva?

Charo había vuelto a irse a Chascomús y yo tenía los mil quinientos pesos de la herencia. Decidí, mientras caminaba sin rumbo por la ciudad, que no iría de pesca ese fin de semana, ni me sentaría a esperar a que Gloria la Pecosa me llamara, ni saldría a dar vueltas con el taxi hasta que algún drogón me rompiera la cabeza. Un rayo de sol se filtró en mi cerebro como un soplido entre la bruma, el llamado de Dios indicándome que sus caminos son siempre misteriosos.

Esa noche me emborraché sin culpas frente al televisor, mirando *Pulp fiction* por un canal de cable: gente que dispara a quemarropa como un dibujante que tira líneas entre un punto y otro sobre un plano, drogones con conciencias de cucaracha, la ciudad entera como un nido bullente y repulsivo, sociedades de hombres y mujeres ciegos cumpliendo sus mandatos sin reflexionar sobre ellos.

Gustavo, mi hijo mayor, veintitrés años, arquitecto, se había enamorado de Matías, treinta y ocho, empresario del calzado. Para colmo el zapatero era casado y padre de mellizos de tres años, no quería por el momento abandonar a su mujer, «los hijos son muy chicos y una separación es más traumática para críos de esa edad», me explicó Gustavo antes de ofenderse conmigo porque supuse que había venido a verme enviado por su madre.

Me pregunté, mientras veía la película de Tarantino, si mi deber como padre no sería hablar con Matías el Zapatero, llamarlo a la reflexión, explicarle que, en el mundo de las ideas, una se conecta con otra y ésta con la siguiente, y entre todas arman un universo simbólico, una complicada red de significados y representaciones que no siempre ocultan lo real, a veces sencillamente lo iluminan, mal que les pese a gurús de barro como Rabindranath Gore Fernández. Deseché la iniciativa, que le hubiera puesto los pelos de punta a mi hijo arquitecto, y ese fin de semana me fui a Chascomús a ver a Charo, la ex mujer y flamante viuda del Chivo.

Para saber por qué un tipo se desintegra, hay que ir armando las piezas que su desaparición dejó desparramadas por ahí. A lo mejor después, con el dibujo reconstruido de su vida, es más fácil entrever la identidad y los móviles de sus últimos asesinos.

9

Desde la estación de Chascomús caminé seis cuadras por una calle arbolada que parecía la garganta del Paraíso. Pocos autos que pasan despacio, nadie va muy lejos en un pueblo; pájaros removiendo las copas de los árboles, un picado en una esquina y un pibe que grita a mis espaldas «¡la pelota, señor!», dándome la oportunidad de parar el rebote con que la pelota se me acerca como un perro amistoso y reventarla de un zurdazo, un gol imposible y fuera de reglamento que el piberío celebra como si lo hubiera hecho Maradona.

Charo me espera frente a un portón bajito que interrumpe una cerca de ladrillos rodeando la casa, un chalet para familia tipo que debió financiar algún plan Eva Perón del Banco Hipotecario. Llega una brisa salada y fresca desde la laguna. Charo parece joven, fuera del tiempo.

—No tenías necesidad de venir, yo subo a Buenos Aires una vez por mes. Además, por esa plata.

—Es todo lo que el Chivo tenía.

Con la mueca que apenas vela su sonrisa me indica que el tema le molesta, que quizás no quiera hablar una sola palabra del pasado. Los hijos adolescentes andan por el fondo, donde hay una pequeña huerta, y bajo una glorieta sombreada por una parra de uva chinche, su madre vieja mira sin ver desde una silla de ruedas.

—El mayor ya tiene diecinueve, y el más chico, quince. Hacía diez años que no veían al padre —me informa en voz baja, mientras los pibes patean una pelota de goma que vuela rasante entre los canteros de acelga y zanahoria.

—Yo nunca dejé de ver a los míos y sin embargo también el mundo se me abre ahora bajo los pies —digo después de contarle brevemente mis fracasos familiares.

—Todo pudo haber sido tan diferente.

Busca mis ojos como si hasta ahora hubiera estado hablando con alguien oculto en la niebla y recién me encontrase, o el aire de pronto se hubiera limpiado, un espejo que se desempaña con la mano para descubrir el rostro de quien habla a nuestras espaldas. Eludo su mirada y digo que barajamos mal, pero ella no debe entenderme o no acepta mis excusas: no tuviste huevos, dice, aunque de inmediato se arrepiente de sus palabras, se muerde los labios, pide que la perdone.

Vuelve a hablar del Chivo después de tomarse un tiempo en la cocina para preparar una picadita de salami, queso y aceitunas, y cuando ya estamos los dos bajo la parra, junto a la abuela desenchufada de la realidad.

—Se la creyó, Mareco, eso le pasó.

Habla del que no quiere hablar y tiene su sólida versión, la que seguramente le permitió sobrevivir con dignidad y aguantarse los chubascos de la menopausia. Dice que el Chivo ganó mucha plata y la plata atrae adulones como la humedad y el calor a los mosquitos: negocios, juergas, vida fácil.

Ella y los chicos pasaron a segundo plano, puro lastre. Fue más sencillo borrarlos que aceptar la carga.

—Se creyó más poderoso de lo que era, abrió el gallinero y se le llenó de zorros —dice, observando con los párpados entornados el gallinero de verdad al fondo de la huerta, donde un gallo maltrecho se pasea con patética majestad entre las ponedoras.

—Acá se vive tranquilo —atino a comentar, respirando a fondo el olor ácido de la uva que cuelga de la parra y por la que merodean abejas y tábanos.

—Pero no hay cerros.

Charo es tucumana y añora su Tafí del Valle natal como un compadrito de Borges su farol en la esquina con buzón y calle empedrada.

—Salís a la pampa y se te desbanda el alma, no sé explicártelo, es como si...

Gesticula, demarca en el aire una llanura de incertidumbre y nostalgia. Sabe explicarlo, aunque prefiera no admitirlo.

—Qué grandes están los pibes —digo como buscando el ritmo de otra respiración, algo que me salve de esa asfixia que de pronto me acosa a cielo abierto—. Cuesta entender que no quisiera volver a verlos. Pero no mereció morir de esa manera.

—A mí no me importa, Mareco. No pasa de ser una noticia policial, y yo no leo la crónica roja de los diarios.

Apuro el martini con limón, porque a las tres y cuarto pasa un tren a Buenos Aires. Suspiro en silencio y le doy el sobre con los mil quinientos mangos mientras me levanto y repito, pero con la garganta seca como si no hubiera tomado nada, que de todos modos es un buen lugar, éste, para vivir sin hacerse tanta mala sangre. Charo recoge el sobre, lo abre y cuenta los billetes mojándose los dedos, los quince de cien que abultan como el sueldo de un obrero antes de que se inventara la flexibilización laboral.

—La única que a veces preguntaba por el Chivo es ella —dice, indicando con un cabeceo la silla de ruedas—. Pero ahora ya no habla. Y si lo recuerda, ni me entero.

El tren pasó a horario y a las seis de la tarde estuve de vuelta en casa. Mensaje en el contestador: «Veintidós pejerreyes y quince tarariras, mirá la que te perdiste, Mareco. Traé vino blanco, te esperamos esta noche».

Tenían razón, mis amigos pescadores: me lo había perdido. Un productivo día de pesca, por una excursión al campo de la que había vuelto con las manos vacías.

Esa noche la pasamos bien. Les conté a mis amigos que me había acostado con una piba de veintidós y no lo podían creer, «¡qué pique!», se asombró Floreal, el más veterano de los tres, «¿con qué encarnaste?».

Tomamos vino y comimos pejerrey hasta hartarnos. El resto, festival para los gatos que esperaban su turno sobre la medianera, con las servilletas puestas.

10

Qué tranquilo me hubiera sentido pensando que Charo nunca lo quiso. Pero lo de esos dos fue bastante más que un metejón. «El matrimonio Chachi», los bauticé un día, por Charo y Chivo, y el Chivo me corrigió: «Chicha, che, primero el tipo: chicha de buena graduación, como para poner en pedo a un elefante», doblándose a carcajadas, el Chivo cordobés, «ni Chachi ni Chicha», terció entonces Charo, «somos Rosario y Rodolfo». «Peor todavía: Rodolfo Robirosa y Rosario Romero de Robirosa, Rorrorrorró», con lágrimas en los ojos, el Chivo, y Charo actuando una furia que se convirtió en besos suaves y mordiscos, «esperen a que me vaya, por lo menos», dije y los dejé solos, convencido de que esa pareja de románticos cobayos resistiría todas las pruebas de laboratorio a que podría someterlos la decepción y la locura de este siglo.

No las resistió. Y al final de un modesto calvario sin cronistas ni apóstoles, el Chivo murió en la sórdida cruz de un ajuste de cuentas entre mercaderes.

Hurgando en diarios viejos que me prestó de mala gana una vecina —como tratando de leer en mi pedido intenciones perversas de revisarle la lencería—, encontré la crónica del asesinato del tal Fabrizio, un pie de página sin fotos.

—Don Aristóteles era una persona muy querida en este barrio —dijo el kiosquero al que le compré cigarrillos, cerca de la casa del difunto, en Tellier y avenida De los Corrales—. Un benefactor —agregó, confidente, mientras me entregaba un atado de Camel como si se tratara de un incunable rescatado de algún polvoriento anaquel—. Tenía sus negocios, claro. Pero quién no tiene su rebusque en estos tiempos difíciles.

—La calle está durísima —lo justifiqué.

—Si lo sabrá usted. —Miró mi taxi abollado, estacionado frente al kiosco—. ¿Lo conocía?

—No yo, un amigo. Gracias a él, sobrevivía. Pero dicen que también gracias a él le metieron un tiro acá.

Apoyé el dedo índice en su entrecejo y el kiosquero palideció.

—No me diga que al Chivo también...

Le conté la historia. El tipo no se había enterado porque casi no miraba la tele, a pesar de que tenía un portátil blanco y negro encendido todo el día, debajo de la bandeja de las golosinas.

—Lo pongo ahí abajo para que los ladrones crean que es un monitor. —Señaló una minicámara que colgaba del marco del ventanal donde exhibía la mercadería—. No funciona, me la regaló un amigo reducidor de electrodomésticos, qué va a hacer, el kiosco no da para mucha tecnología. Pero los rateros creen que los filmo y de vez en cuando se acojonan. Quince veces me asaltaron en este barrio de mierda. Pendejos como aquéllos, mire: señaló a una barrita de adolescentes que tomaban cerveza, sentados en el cordón de la vereda y mirando pasar autos y mujeres—. ¿Por qué matarían también al Chivo?

—Eso trato de averiguar. Y quién. Supongo que por nada. Por estar, nada más. Por cruzarse.

El afable kiosquero pertrechado con su falsa electrónica robada había sido cliente de Aristóteles Fabrizio, y el Chivo, su mensajero de cada quincena.

—Andaba medio chacabuco, últimamente —reveló, ya en confianza—: cojeaba de la pierna izquierda, un navajazo, según me dijo. Alguien de afuera, porque en el barrio todos lo queríamos y lo respetábamos. Además, tenía protección.

Le pregunté de quién y mi pregunta lo defraudó. Aprendí que hay cosas que se dan por sobreentendidas aunque no se sepa de qué se trata. Yo sabía, en realidad, pero necesitaba precisiones que el kiosquero no estuvo dispuesto a darme.

—Averígüelo usted —dijo, súbitamente preocupado por ordenar un estante cargado de chocolates—. Pero vaya con cuidado —me aconsejó, sin embargo, cuando ya había abierto la puerta de mi taxi—: ese laburo suyo es más peligroso que el del Chivo.

Le agradecí el consejo con una escupida en la vereda que el kiosquero simuló no ver. Al otro lado de la calle, la barrita de adolescentes seguía dándole a la cerveza, discutiendo a gritos la formación de Nueva Chicago y probablemente el modo en que, por decimosexta vez, desplumarían el kiosco de Tellier y avenida de Los Corrales.

11

El destino baraja sus naipes marcados para que las ovejas del rebaño creamos que todo es azar. Dos días más tarde respondí a la invitación a una reunión de ex alumnos, promoción 60 del Normal Mixto Juan Bautista Alberdi.

Una sola vez en mi vida me aparecí en esos bailes de vampiros arrancados de sus tumbas por la puta nostalgia de sus juventudes. Fue cuando quise abrazar a Osvaldo Rébora, un traga solidario con los burros que nos sentábamos al fondo del ruinoso y multitudinario salón de quinto primera, capaz de soplarnos pruebas enteras de física y de memorizar uno por uno para nosotros, en las de anatomía, todos los huesos y los músculos del esqueleto antropomorfo en que encarnamos nuestras penas. Hasta que el jefe de celadores sospechó de tanto rendimiento intelectual concentrado en un área donde predominaban los vagos recalcitrantes y Rébora fue al exilio del primer banco, donde él no quería estar porque era un tipo legal: la fila de los devoradores de libros, de los glotones que empiezan en la secundaria a no abrir el juego y terminan haciendo goles y ganando campeonatos para los poderosos.

Por no ser de esa casta, a Rébora se lo chuparon los salvadores de la patria, cuando tenía treinta y seis años y estaba a punto de irse de la Argentina, con un contrato de investigador científico en Alemania y un dolor silencioso y sin alivio por tanta desolación.

De esto último me enteré al presentarme en aquella reunión de mutantes, y en vez de abrazar a Rébora tuve que soportar el relato minucioso de varias decenas de vidas inodoras, incoloras e insípidas, de mezquinas currículas expuestas sin pudor por ex alumnos, ex jóvenes, ex minas bonitas y calientes devenidas en señoras empolvadas y frígidas. Era el año 1984 y algunos y algunas ya extrañaban la mano dura de los militares, el orden sepulcral que, después de todo, es el ambiente en que mejor se crían y se reproducen los microorganismos de la especie.

Fui, entonces, por segunda vez, en 1997, dos días después de mi excursión al barrio de Aristóteles Fabrizio. Y no me equivoqué, o el destino talló sin disimulo su naipe doblado en una punta.

Ahí estaba como un solo hombre Gargano Daniel, adoquín contra cuya estulticia lucharon en vano camadas enteras de profesores de las más diversas materias, repetidor crónico que arrancó con nosotros en primero primera y se perdió luego, como un astronauta expulsado de su cápsula al espacio y condenado a vagar por el vacío infinito de su burrez, acompañando a los de primer año durante varias temporadas, con sus barbas crecidas y sus consejos de sabelotodo en levantarse minas casadas.

No sé qué milagros de la maduración de su masturbada personalidad, o qué influencias en el ministerio de educación que en aquella época ocupaba un brigadier, hicieron que Gargano Daniel obtuviera por fin su título de maestro normal. Para no desaprovechar tanta dedicación al estudio y sensibilidad por las artes, los padres lo metieron de cabeza en la escuela superior Ramón Falcón, de donde salió poli. O siempre había sido chivato, quién sabe, y ocultaba la chapa bajo el tintero del banco de la segunda fila donde se atrincheró durante su interminable batalla por aprobar el secundario.

El abrazo que no había podido dar a Rébora tuve que dárselo a él. Sólo Jesús, Hijo de Dios, y algún descalabrado entomólogo, serían capaces de levantar una araña pollito del piso para evitar que la aplasten, con la delicadeza con se recoge el pañuelo de una dama. Una larvada repulsión entumeció mis brazos. Me vi obligado, además, a felicitarlo porque lo veía a cada rato en los noticieros de la tele, haciendo declaraciones en las puertas de bancos que acababan de ser asaltados, pisando sin disimulo el hilo de sangre de un ladrón recién baleado y exhibido para la prensa como pescado fresco sobre la vereda.

—La calle apesta —reveló Gargano, ahora comisario, gordo y ajado, aunque con toda su pelambre rubia intacta y aplastada con gomina. Comía con la boca abierta y hablaba del semillero de hijos de puta en que se ha convertido esta sociedad—. Para los muchachos de la basura es fácil porque lo único que hacen es correr detrás del camión y recogerla empaquetada. Nosotros tenemos que juntarla con la mano y ensobrarla —decía regodeándose, con el mismo abyecto placer que ponía en tragar su segunda vuelta de peceto con papas al horno—. Pero ese Chivo Robirosa se la buscó, Mareco, sorry que fuera amigo tuyo. Uno a veces se engaña con los amigos , pero nosotros en el Departamento tenemos la data completa de todo el mundo.

Intercalaba palabras en inglés y términos de informática para demostrar que había hecho cursos en Miami y en Panamá. Cursos de qué, ninguno de los terminales reunidos en aquella cantina de Flores lo sabía, y Gargano se cuidó muy bien de dar detalles:

—Especialización —dijo—, también la pasma hoy es global.

Tenía razón. Él, por lo menos, era un globo de grasa y de muy probables perversiones. Se había casado, separado y vuelto a casar cuatro veces, y tenía cuatro hijos, «uno por cada tiroteo», dijo entre carcajadas llenas de rosbif que se abrían, en su cara mofletuda y viciosa, como la popa de los camiones recolectores. Agradecí en nombre de la Humanidad que hubiera terminado siendo poli y no maestro.

—Quiero saber quién lo mató —le dije sin rodeos, en cuanto aflojó un poco con su amorcillado humor.

Me miró como un sonámbulo al que despiertan aplaudiéndole en la cara.

—¿Qué te importa, si está muerto?

Puro oficio, su comentario. Pero si yo había sido capaz de abrazarlo, ¿por qué no iba a poder soportarlo un rato más? Le conté, porque parecía no haberse enterado de nada, que el Chivo había sido un tipo envidiable, un crack en lo suyo, disputado por minas de categoría, un ganador. Esta última definición fue demasiado provocativa para su necesidad genética de prontuariar hasta a su primera novia.

—A un ganador no lo aplastan como a una cucaracha en

un conventillo de Constitución —dijo sin ironía, y me invitó a caminar un rato —porque esta decadencia me va a estropear la digestión, la carne estaba rica pero nuestros ex compañeros son intragables —dijo, aludiendo al ruso Bouer que se había puesto a cantar *La casita de mis viejos*, acompañado por el pianista de la cantina, mientras media docena de fosilizadas maestras promoción 60 del Juan Bautista Alberdi le hacían un coro que sonaba a engranajes de un montacargas a punto de desplomarse en caída libre hasta los sótanos del infierno.

De a poco, y mientras caminábamos por Carabobo hacia Rivadavia y se tiraba pedos a gusto —«total vos sos de confianza, no doy más, te juro que a veces creo que reviento»—, me fue contando que ser poli es la imposibilidad de confiar en nadie.

—Cuatro hijos, Mareco. El mayor, preso por haberse limpiado él solito una mesa de dinero, ni las monedas dejó. La segunda, casada con un judío que se la llevó primero a un *kibutz* y después la abandonó en un barrio de putas de Tel Aviv, embarazada y sin un mango. Imaginate lo que fue de ella y de mi nieto, pero por lo menos ahora se las rebusca y no depende de nadie, porque allá las mujeres se hacen valer aunque cojan por guita, es otra sociedad. La tercera me salió científica, está en yanquilandia, en un centro de investigación de Massachusetts, un bocho la piba. Pero es lesbiana, sufre por otras mujeres, y yo eso no me lo banco, Mareco, soy muy chapado a la antigua, le pedí que no me llamara ni volviera a escribirme hasta que se cure.

—¿Y la cuarta?

—Cuarto —aclaró, iluminado por un fulgor de milagro cristiano que estuvo a punto de hacerme caer devotamente de rodillas—: el cuarto es policía, recién graduado. Un valor, el pibe. Tenía seis años y cuando yo volvía a casa ya me preguntaba «papi, ¿cuántos ladrones mataste hoy?»

No sé, ni creo que tenga ya tiempo para averiguarlo, dónde empiezan o terminan la decepción y el orgullo en tipos como Gargano, en qué se rozan su necesidad de percibir el mundo y su capacidad de ostracismo. Hasta qué punto se toman a sí mismos en serio y hasta dónde son capaces de verse al espejo como marionetas manchadas de sangre.

—Vengo a estas reuniones de ex alumnos porque vivo solo y me aburro —dijo esa noche—, me hacen acordar al tren fantasma del viejo Parque Retiro. Los mismos esperpentos. Pero éstos hablan y te reconocen. O sea que uno, viviendo, se bajó del carrito y se transformó sin darse cuenta en uno de esos cucos oxidados, Mareco. Y vamos por ahí, metiendo más lástima que miedo o haciendo cagar de risa a los que todavía la miran de afuera. Como vos, por ejemplo. —Me detuvo en mitad de una bocacalle y por un momento tuve miedo de que fuera a esposarme sin leerme mis derechos—: ¿Qué te hace pensar que el Chivo Robirosa era un inocente?

12

Pero estaba limpio, ni una mancha en los tribunales. Sin embargo, en la seccional treinta y siete todavía recordaban los escándalos.

—La mujer entraba aquí como loca, gritaba que lo quería preso, «métanlo entre rejas para siempre, fusílenlo», gritaba. Nos pedía de rodillas que lo moliéramos a golpes como él hacía con ella. Pero cuando íbamos a buscar al tipo y lo traíamos, ella retiraba todos los cargos y se iban del brazo —contó un ayudante memorioso.

—Nuestra obligación era pasarle las actuaciones al juez —intervino un sargento que le cebaba mate al ayudante—, pero quién se metía con el Chivo, en el barrio todos lo queríamos, era un tipazo, y encima salía en los diarios: negrito borracho y mujeriego, con cuarentipico de abriles, en un amistoso les hizo comer cuatro bifes bajo los palos a los racistas del seleccionado sudafricano.

Un día dejaron de verlos y de saber de ellos. El Chivo plantó a la familia, Charo se fue del barrio con los pibes.

Desde un teléfono público llamé a Gargano para agradecerle los contactos.

—Te dije que no era trigo limpio —me amonestó desde su húmedo despacho del Departamento Central—, pero a los famosos se les perdona todo y el Chivo se apoyaba todavía en sus viejas hazañas para zurrar a la mujer. Un miserable.

No me gustó el cierre, aunque tuviera razón, si lo que habían contado los canas de la seccional era cierto. Claro que calificarlo de miserable no explicaba el tiro entre los ojos, cuando ya había atravesado las estaciones oscuras de su decadencia.

Por unos días creí que podría ir olvidando el asunto o, por lo menos, dejándolo de lado. Tachero al fin, había pasado por la vida de un viejo amigo como quien cruza manejando el taxi por algún barrio de mala fama, rogando que el pasajero que va sentado atrás no sea un sicópata y que, después de bajarse en alguna esquina, no aparezca otro haciendo señas hasta abandonar la zona caliente.

Manejo de día. O llevo el auto al taller, cuando le toca mantenimiento. De noche, se lo entrego al peón en avenida de Mayo y Piedras, y voy corriendo a encerrarme en el departamento a mirar televisión. Ésa es mi rutina desde hace años. Antes fue distinto, mejor. Pero mi pasado permanece en una nebulosa tan inescrutable como la del Chivo Robirosa.

A veces, alguna mina de ocasión quiere que le cuente. Las mujeres son pretenciosas. Primero, se conforman con un beso y una caricia, pero al rato, después de la cama, ya exigen de uno la biografía completa a cambio de nada. En el mostrador de un sexo desvaído y previsible, tu vida por la mía. Como si ellas tuvieran algo para contar. Tipos que las abandonan, abortos que la obra social no cubre, jefes de oficina chantajistas que les prometen un ascenso y después del primer polvo las ponen de patitas en la calle con una carta de recomendación para algún otro jefecito acosador. Manoseos, golpes, mentiras, susurros de un paraíso de palmeras y mar azul que jamás se concreta. Nadie que venga de triunfar en Hollywood o de ganar el premio Médicis de literatura se acuesta con un tachero de cincuenta y siete. A qué tanta pregunta, entonces, si la respuesta está cantada.

Por eso, en general, prefiero la tele. Pasividad absoluta, ningún cuestionamiento. Y de la tele, los debates políticos y sociales. Esos desfiles en colores de encantadores de serpientes me permiten adormecerme de a poco, entrar en una anestesia sin riesgo quirúrgico que me limpia el cerebro de pensamientos y la noche de malos recuerdos.

Pasaron varios días sin siquiera un llamado equivocado. A lo mejor me habían borrado de la plantilla, estaba muerto y yo sin enterarme. Cuando casi se había cumplido el mes de nuestro único encuentro, sonó el teléfono. Once y media de la noche, la voz que menos esperaba y la que más deseaba.

—Tengo que verte, Mareco. Venite ahora mismo, dale. Ya sé que estás en calzoncillos, medio en pedo y solo. Ponete un *jean* y una remera, duchate antes, si es necesario, pero vení.

Llegué al Tango Pub de la avenida Brasil casi a las tres de la mañana. El taxista que me llevó hasta allá no me rebajó ni diez centavos, a pesar de que reivindiqué varias veces mi condición de colega. Los que andan de noche consideran a los diurnos de otra raza, unos burócratas del volante que según ellos no arriesgan nada, algún atraco sin importancia, que te bajen del auto y se lo lleven, a lo sumo. Los pasajeros pesados de verdad suben de noche, dicen, los carniceros y los violadores toman turno después de las doce, las tradiciones se respetan.

Entré en el boliche, luz de ambiente mortecina, mucho humo, perfumes y lavandas mezcladas con olor a transpiración en aquella retorta con número vivo. La Pecosa terminaba de cantar *Chorra* y *Los mareados*. Transpirada y feliz, o por lo menos contenta de verme, me llevó a una mesa apartada mientras todavía sonaban los buenos aplausos de costumbre y los de alguna visita, médicos de guardia del hospital de pediatría, solitarios, dos parejas de turistas canadienses que creían que eso era San Telmo.

—Me quedé con algo, la otra noche —arrancó diciendo mientras tomaba mis manos como a las de un novio con el que buscara reconciliarse—. No es guita, no pienses mal de mí. Jamás me guardo los vueltos.

Sacó de su bolso una agenda con tapas de cartón, descalabrada, llena de papeles, recortes y hojas que habían sido arrancadas y vueltas a poner en su sitio. Reconocí sin leerla la letra del Chivo, su caligrafía prolija como pisaditas de gorrión que picotea los canteros.

Mientras tomábamos whisky cruelmente rebajado con agua de la canilla, la Pecosa me contó que se había quedado con la agenda nada más que por tener algo personal del Chivo. Pero en un día de descanso, aburrida —llovía en Buenos Aires y el chulo le había prohibido trabajar porque él estaba con cuarenta de fiebre y no podía controlar la caja—, se puso a intentar leerla.

—Yo no pasé de segundo grado, así que imaginate el laburo que me dio. Pero tenía tiempo y, con paciencia, fui descubriendo a un Chivo desconocido para mí.

Fotografías, recortes amarillentos con anotaciones en los márgenes, y una letra apretada rellenando espacios en las páginas de la agenda. Con aquella magra iluminación me fue imposible leer, la Pecosa sugirió que mejor me la llevaba, la leía entera en mi casa y después le contaba.

—El Chivo parecía bruto pero escribía difícil —dijo—, usaba palabras de diccionario, Mareco. A lo mejor vos, que lo conociste bien y tenés más estudio que yo, podés entenderlo.

Nos fuimos a su departamento. El camionero andaba por la Patagonia y retozamos a gusto hasta el amanecer. Después me quedé dormido y me desperté al mediodía. La Pecosa me cebó mate en la cama y llamé por teléfono al peón.

—Le dejé el taxi donde siempre, creí que llegaría en seguida, ¿qué le pasó, maestro, lo asaltaron?

Ni me molesté en pasar por avenida de Mayo y Piedras. Fui directo al corralón municipal y recuperé el taxi, después de pagar la multa y el acarreo de la grúa. No me importó, estaba feliz. O por lo menos, como la Pecosa esa noche, contento. Había sido capaz de apagar la tele y salir a encontrarme con una mina que no me cobró un peso. Como antes, como alguna vez.

Me eché una ojeada en el espejo retrovisor. Contento de volver a verme.

13

Era un diario. Nunca imaginé que un duro como el Chivo —y, por lo que había averiguado en los últimos días, un violento— hubiese llevado un diario personal.

Nada formal, ni cronológico. Anotaciones, frases pretenciosas, páginas enteras describiendo las destrezas de alguna mujer. Y desde la mitad para atrás, la bitácora crispada de su caída.

«Me doy», puso en la página correspondiente al 14 de junio de 1995. «Hoy, más que nunca —escribió—, aniversario fatídico. El Rubio debió cumplir treinta y uno».

El resto de la página, en blanco. Como tal vez el cerebro del Chivo ese día, y muchos otros hasta el final de su vida. Más hazañas, descriptas con exasperada minucia: «Me la chupó toda la noche y yo ni siquiera pensaba en ella».

Nombres, citas, aclaraciones: «Coge mejor cuando amanece», al lado de una tal Lisa. Y otra, pero con carne de chancho: «Tocamelás, tocamelás, grita cuando acaba», subrayado y señalando con flecha a un tal Roberto: «Le apreté los huevos y se fue llorando, puteándome, deseándome lo peor. Tal vez se cumpla».

Tenía razón la Pecosa. Lo único del Chivo conocido en ese diario era su letra.

«Me doy, me doy, no puedo parar. Al principio creí que Fabrizio se equivocaba. Yo le devolvía la merca que no alcanzaba a entregar, y él: *quedatelá, Chivo, te la ganaste*. Qué buen hijo de puta, me tiene agarrado. Como yo al puto, bien de las pelotas, pero éste no suelta, qué basura.»

Fotos del pasado, de cuando empezó a jugar en Córdoba, posando con equipos diversos o volando detrás de la guinda: «Parecés Nijinski, Chivo», anotó de él mismo.

Y en las paredes de sus abismos, grafitis: «Estoy encerrado en una iglesia, bajo la mirada implacable de Dios: los querubines me lamen el culo, la Virgen se abre de gambas y voy hacia ella, descalzo, pisando arañas, caminando entre la mierda; alguien enciende velas, un cura con una cruz colgando sobre su pecho desnudo. Sostiene un cáliz con vino caliente, sonríe al verme, parece haber salido de una tumba, su carne está podrida, ya no veo a la Virgen y hay un atronador batir de alas en la oscuridad».

Su agenda, su diario, su quién sabe qué. Papeles en una botella arrojada al mar. Ninguna tierra firme a la vista por el resto de sus días, ninguna mención de Charo, ni de los hijos que había tenido con ella. Sólo del Rubio.

«Se me presenta de noche, en ropa de combate: ¡cuidado, viejo, ya vienen!, grita y me despierto meado, pasos todavía a la carrera, ojos de tigres en la oscuridad aullante y helada de las islas.»

—El Rubio fue amante de una tal Victoria. «Aracavictoria», la llamaba el Chivo. Una mina de guita, que dijo quererlo y él se la creyó —me contó la Pecosa, cuando cumplí con su encargo de leerle algunas páginas—. Se conocieron en Venecia, creo. ¿Venecia es la que tiene los canales? Bueno, ahí. El Chivo paseando en góndola con una pituca porteña, imaginateló. En esa época era todavía una estrella, aparecía en las páginas de deportes de todos los diarios. Aracavictoria se lo llevó a pasear por media Europa, casi lo echan del equipo por faltar a los entrenamientos. Felices los tres: Araca, el Chivo y el Rubio.

—Y Charo en su casa, tejiendo mañanitas —dije.

—Nunca me habló de Charo, Mareco. No la tengo en mi álbum.

Tomando champán, el triángulo. Y prometiéndose amor y fidelidades, moneda falsa. Según la Pecosa, el Chivo volvió a su concentración en Nápoles, y al poco tiempo aquel curioso país de compadritos en el que había nacido, gobernado cuándo no por una dictadura militar, se hizo el guapo con la Gran Bretaña por unos islotes de piedra en el Atlántico Sur.

—Y Mambrú se fue a la guerra —dijo la Pecosa, por el Rubio.

Cuando la farsa sangrienta acabó, el Rubio volvió por refugio para su locura pero Aracavictoria le cerró las puertas de su petit hotel en las narices.

—¿Y el Chivo?

—Si te he visto no me acuerdo. Al Chivo nunca le gustaron las mariquitas. Transó, a veces, por pura decadencia, o por hambre. Creo que el Rubio le había mandado una carta, ¿no está en la agenda?, fijate.

No estaba. Y tampoco lo volvía a mencionar.

—Se colgó de un puente, el de la calle Salguero. No había pasado un año desde la rendición. Al Chivo debió caerle mal. Esas ganas de mostrarse en la hora del final, tan propia de los putos. Pero él no tuvo la culpa, Mareco, la culpa fue de las Malvinas. La gente llenaba las plazas en el 83 pero también las había llenado un año antes, cuando la invasión. Yo no era puta todavía, y me acuerdo: se iban los milicos y llegaba la democracia, todos de joda, todos héroes de la resistencia, limpios. Y este boludo agarra una soga y que les den por el culo. Creo que ahí empezó en serio el Chivo con la droga, mucho antes de conocer a Fabrizio.

La Pecosa eligió una de las fotos abrochadas con alfileres de gancho a la agenda, un recorte de *Clarín*, marzo del 85.

—Araca vendía heroína. Le clausuraron el boliche. Le pidió ayuda al Chivo, y el Chivo, solidario, le pagó el abogado. Pero no fue con el código que se libró del lío. En la boutique había merca para repartir como Papá Noel regalando juguetes en África: a la pasma, al juez, hasta quedó un poco de polvo para la propia Victoria. Se fue a vivir a Mar del Plata. Leéme entera esta página, no pude llegar ni a la mitad.

«Fui a buscarla —escribió el Chivo en la página que la Pecosa, segundo grado sin aprobar, no había podido leer completa—. No quiso verme. Sé que está con otro. Con un poli, seguro. No quiero joderle la vida ni vengo a cobrarme nada. La llamo por teléfono y no atiende, o reconoce mi voz y cuelga. Ayer me apretaron en pleno centro, frente al Casino: volvete a Buenos Aires, Chivo, sos un deportista, tenés mujer, dos pibes que te necesitan, dejate de joder. Eran polis, todos son polis. La Argentina entera es una comisaría, nadie sale sin permiso. Pero no quiero joderte, Araca. Sólo hablarte del Rubio, preguntarte por qué. Nada serio, no te juzgo, quién soy yo para juzgar a nadie.»

—Me quedo con esa pregunta que él mismo se hace: ¿quién era, Mareco?.

Parecía realmente ansiosa por saberlo. Que yo, que sé leer de corrido, le explicara.

—Me voy, piba. No quiero que la grúa me lleve otra vez el taxi.

Con un beso en la mejilla, le devolví la agenda.

14

Di vueltas con el taxi pero sin recoger pasajeros. La gente me hacía señas y yo aceleraba, y a los peatones en las bocacalles les tiraba el auto encima. Nunca escuché tantos recuerdos para mi madre en boca de desconocidos. No quería llevar a nadie, no toleraba la idea de alguien atrás pretendiendo decirme a dónde ir, obligándome a sostener conversaciones mentirosas, palabras de cotillón.

Y sin embargo no podía volver a casa, la soledad fue ese día una ratonera en la que me negué a caer.

Cuando se pierde a un amigo, se desbarata la idea que teníamos del mundo. Como un pulóver tejido, bajo las garras de un gato. Hay que enhebrar y volver a armar la trama que creíamos terminada. Y ya nada es igual.

Rodolfo «Chivo» Robirosa no había hecho todo lo que hizo nada más que por desconcertarme. Ni me habría acercado a su mundo si la noche en que anunciaron su asesinato yo no hubiera estado mirando la tele, en vez de salir a lidiar con los pasajeros nocturnos.

Ya nada es igual, Nijinski. Con Fabrizio muerto, Charo que se negaba a hablar del pasado y Gloria la Pecosa que desconfiaba de un tipo que se presentaba post mórtem más complicado de lo que había sido en vida, sólo me quedaba darme una vuelta por Mar del Plata.

Hablé antes con Gargano, para darme aliento.

—Tirate unas fichas en la casa de piedra, tomá solcito, que todavía es verano y andás bastante paliducho. Pero no te metas donde no te llamaron y donde nadie te espera, Mareco. Mar del Plata es una ciudad feliz de la boca para afuera, pero por dentro es una cloaca y hay tanta mala gente como en Ciudad Oculta, el Bronx o el Barrio Chino de Barcelona.

—A mí siempre me gustó Mar del Plata, Gargano. Hacen ricos alfajores y en verano van lindas mujeres.

—Pero esos banderines no son para tu corso, Mareco. Vos estás para la sierra, para juntar yuyos en Cosquín o La Falda, o para remojarte las articulaciones en las termas de Río Hondo. ¿Sabés, acaso, quién es esa Victoria?

Tomé el tren esa misma noche y llegué a Mar del Plata a las cinco de la mañana. En la terminal subí a un colectivo que me paseó por la costa. Recién amanecía. El sol asomaba allá en el fondo su lomo de ballena, pero ya las calles estaban llenas de corredores en equipos de gimnasia, maduros que madrugan para gambetearle al infarto y a la arterioesclerosis, y parejitas de jóvenes todavía colgados de la noche, revolcándose en las playas para envidia de tanto Herodes en potencia, filicidas con ropa de marca y las mejores intenciones para el futuro de sus hijos.

Bajé del colectivo cerca del puerto. Caminé, respirando el aire fresco del mar, estimulado por el olor a pescado que venía de las banquinas, dejándome llevar en andas por los brazos tibios del sol. Me dije que, después de todo, estaba necesitando vacaciones, dejar el volante, o acabaría más loco que Robert de Niro en *Taxi driver.*

La ciudad estaba llena de turistas y me costó conseguir alojamiento, una habitación pequeña y limpia, con una ventana de calabozo desde la que se oía el mar a dos cuadras del hotel. Nada mal para quien, en opinión de Gargano, hubiera estado mejor en un contingente de jubilados compartiendo baños de agua termal.

—Victoria Pinto Rivarola no es siquiera la oveja negra cogotuda que pretendía ser —me había informado Gargano, con quien curiosamente parecía crecer una amistad de gato capón con perro desdentado: nos olfateábamos el culo uno al otro cada vez que hablábamos y ahí, sin haberlo pensado antes, parecíamos decidir que el mundo es demasiado peligroso para desdeñar la ayuda ocasional de una mascota de especie diferente—. Su verdadero nombre es Victoria Zemeckis, le dicen la Griega. O Hada Madrina, porque después de medianoche era la única que hacía milagros. De acá la corrieron porque se la comía ella sola, pero allá en la costa tuvo familia numerosa.

—¿Muchos hijos?

—No, pelotudo —bramó sordamente Gargano detrás del escritorio, en su oficina del Departamento Central que parecía una celda con cuadro de San Martín—. Jueces, comisarios y capitalistas grosos, de los que en el yate de la vida no van de polizones.

—¿Vos creés que el Chivo...?

—Yo creo que el Chivo nada, el Chivo era un pelotudo como vos. En su desvarío debió creerse que a los cincuenta y pico todavía era capaz de perforar la defensa del seleccionado neozelandés, pero la verdad de la milanesa es que se caía a pedazos. Estaba muerto antes de que lo tumbaran de un cohetazo. Era un vicioso, Mareco, un elefante ciego y en pedo del zoológico de Cutini. No pudo soportar la idea de no volver a la selva.

Poco que agregar a lo dicho con tanto afecto por Gargano. Obligado a resistir el mismo número todos los días, mastodonte desarraigado con su pelota de colores y unos caramelos chupados por toda recompensa. La desesperación pudo impulsar al Chivo Rovirosa a morder la mano del amo, a patear el tablero. ¿Pero por qué querría volver con Araca?

Por supuesto que en los boliches de la zona del puerto conocían a la Griega, pero nadie abrió la boca. Cuando me di cuenta de que un chico de no más de diez años me seguía sin disimulo, tuve que reconocer como cierta la filosofía de Gargano de que ser poli es la imposibilidad de confiar en nadie. Ni en los niños, que fueron para la propaganda peronista los únicos privilegiados. Esperé al pibe a la vuelta de una esquina para aclararle que no soy poli, pero tampoco el payaso bobo de Gaby, Fofó y Miliki. Al toparse conmigo salió disparado como un cachorro perseguido por la perrera y se perdió detrás de una barranca, entre camiones estacionados en fila que apestaban a pescado.

Volví al hotel y me dije que hasta dos o tres días de vacaciones parecían excesivos en una ciudad colmada de turistas sin un mango, consumidores de oxígeno, incapaces de comprar mucho más que puras chucherías. La venta de falopa en un lugar así tiene que ser muy al menudeo: parece difícil que se acerquen los grandes viciosos con casas quinta en Pilar y cuentas en las islas Caimán.

Sin embargo esa noche, y gracias a mi comentario sobre el pésimo whisky que en el bar del hotel quisieron venderme como recién bajado de Escocia, me enteré de que en la descascarada Perla del Atlántico se celebraba una convención.

—El whisky bueno lo sirven en el Costa Feliz —me confió el barman, un tipo resentido al que en una noche con treinta grados de calor, noventa por ciento de humedad y sin aire acondicionado, obligaban a trabajar con chaqueta de botones del Sheraton—. Yo era barman allí pero me sacaron de circulación.

Hablaba del Gran Hotel Costa Feliz, un cinco estrellas del que, según sus infidencias, el dueño del hotel de cuarta donde me hospedaba era uno de sus accionistas.

—En vez de pagarme los diez años de indemnización que me correspondían, ese cretino me trasladó a esta pocilga.

Eché leña a la caldera de su odio diciéndole como al pasar que todos los patrones son la misma mierda clasista, aunque imaginé a ese sujeto allá en el cinco estrellas tomándose todos los Vat 69, los Napoleón y los Chivas para después quedarse mirando con cara de nada, desde su mostrador, a los turistas con tarjeta dorada que le reclamaban por el gusto a cloro de sus tragos largos. Me dijo que lo habían rajado para reemplazarlo por estudiantes de hotelería, pibes que laburan el doble y gratis, y con más esmero que si ganaran cinco mil dólares por quincena. De su rapiña alcohólica, ni palabra, aunque bastaba adivinar bajo sus párpados como colchas los ojos de moscón intoxicado con DDT para darse cuenta de que ese tipo tenía el hígado en ruinas.

La convención, que empezaba al otro día, era de operadores turísticos. Agencias, funcionarios, hoteleros, empresarios del transporte, medios de prensa especializados, casi doscientas almas que venían de todo el país y de Brasil, Uruguay, Chile, Paraguay, Bolivia.

—Y yo, por estar acá, me la pierdo —rezongó.

Propinas generosas, horas extra, coca a buen precio era lo que se perdía el barman desterrado en el hotelucho del puerto. Ya en confianza, y abasteciéndose compulsivamente con la botella de gin que escondía debajo del mostrador, me reveló que lo interesante en aquella convención no eran las ponencias ni los discursos de los funcionarios, sino las transacciones bajo mano

—Nadie quiere quedarse afuera, imagínese. Mar del Plata está tan convulsionada que hasta hay polis disfrazados de lobos marinos.

Nunca alcancé a imaginar cómo se manejan los negocios en la Argentina, por eso soy taxista. Lo importante de aquella convención, según el barman, era que aparentemente se darían noticias de algunos cambios en la cúpula y se discutiría fuerte, a la hora de repartir tajadas de la torta en la región. Al otro día, leyendo *El Atlántico*, me enteré de que muchos de los asistentes a la convención del Costa Feliz no eran precisamente caras nuevas y tenían tanto que ver con el turismo como yo con la filatelia: capitalistas de gran calado, siempre listos a presentar ofertas por la construcción de una represa o una autopista, o por la posibilidad de darle un mordisco al becerro de oro de las comunicaciones, la pesca de altura o la adjudicación de territorios en cuyos subsuelos, oh sorpresa, hasta un día antes nadie se había enterado de que hubiera petróleo.

Según mi viejo, cuya vida y muerte me parecen hoy más lejanas y legendarias que las de Belgrano o Butch Cassidy, hubo un tiempo —parece que el de mis abuelos— en el que la gente venía a la Argentina a laburar. Miles de millas de pura agua salada y tiburones, cruzaban, a veces hasta con el riesgo de que algún submarino alemán o aliado los mandara a pique, y en peores condiciones que paraguas o relojes chinos en un container, hacinados en la tercera cuando no colgados de la quilla, todo por llegar a la tierra prometida. Ilusos, sentimentales piojosos a los que alguien engañó con la idea de que la plata se hace trabajando. Desarrapados del alma que después juntaron sus monedas y, en vez de comprarse la casa quinta y la todoterreno, mandaron a estudiar a sus hijos para que fueran doctores. Cualquiera sabe que los pobres se llenan de hijos, y aquellos pobres no fueron la excepción. Cogieron como conejos y curraron como burros para parir universitarios. Fundación mítica de un país que después se iría por las alcantarillas, licuado por fuerzas centrífugas con nombre y apellido, salpicando de doctores y de furibundas melancolías los más apartados rincones del mundo.

Cerré el diario y esa misma mañana me cambié de hotel. Un día de vida es vida, aunque se trate de la vida de un taxista. Ningún reglamento prohíbe a un obrero del volante trasponer las puertas giratorias o automáticas de un cinco estrellas y, con aire displicente, pedir una habitación. Como no tengo tarjeta dorada, pagué billete sobre billete un depósito por tres días de alojamiento. No me quedó ni para una ginebra en la barra de algún bar del puerto.

Ya nada es igual, Nijinski.

15

Tres docenas de perchas en el armario de la habitación, y yo sin un traje decente que colgar. Condolido por mi aspecto, el botones se fue sin esperar propina.

Descorrí los pesados cortinados que cegaban el ventanal y ahí estaba el mar, catorce pisos más abajo, sereno y lúcido como un filósofo en ayunas a esa hora de la mañana. Poca gente en la playa, a pesar del día espléndido, barcas de pescadores volviendo al puerto y un carguero dibujado en el horizonte.

El baño parecía el camarín de una *top model.* Encendí sus infinitas luces, me miré al espejo de frente, de perfil y examiné mi nuca desde la visión del peluquero o del que dispara por la espalda. Después clavé los ojos en mis ojos y dije: ¿qué carajo estás haciendo aquí?

En la planta baja me informaron de que la convención de operadores turísticos se desarrollaba en un salón bautizado «Los Andes». No me fue fácil encontrarlo porque, bajo la superficie, esos hoteles para holgazanes con plata hierven de actividades que no agregan un centavo al producto bruto nacional: convenciones y congresos para cada gusto y necesidad se repartían en salas del tamaño de playas de estacionamiento, distribuidas por tres subsuelos. La gente que ama el turismo y trabaja hasta el agotamiento por fomentarlo en la Argentina se apiñaba en el segundo nivel, pasillo a la izquierda.

Frente a la puerta de ingreso a las salas estaba instalado un trío de chicas uniformadas con chaquetitas y minifalda azul, blusas blancas con transparencias. Mirándolas primero a una por una como lobo sin dientes que se relame frente al rebaño de ovejas clonadas, y disparando después al voleo como un cazador de patos con tortícolis, pregunté por la señora Victoria Zemeckis.

—La coordinadora del encuentro está en la sala —me sorprendió una de las chicas.

—Olvidó ponerse su credencial —me avisó otra.

Farfullé que la había dejado en la habitación mientras me palpaba con expresión de contrariedad, y entré diciéndoles que mi nombre era García, sin darles tiempo a ubicar un inevitable García en la larga lista de anotados. Después de todo, no me estaba colando en un recital de U2 ni de los Redonditos de Ricota: el único beneficio de entrar sin pagar a congresos y convenciones de lo que sea es ligar, a la hora del refrigerio, una o dos copas de champán o martini con saladitos.

Alguien que sabía cómo sacarle el jugo a las bellezas inexplotadas del sur estaba hablando adentro, e ilustraba su discurso con proyecciones de video y juegos de computadora. El auditorio parecía fascinado, aunque más de uno estuviera sacando cuentas en su calculadora después de enterarse, durante el *breakfast*, de la cotización más reciente de la cocaína en Frankfurt.

Mientras el experto en redescubrir las bellezas del sur argentino aconsejaba talar el diez por ciento del bosque de arrayanes para levantar un complejo cinco estrellas —cuya oferta principal sería reconciliar el turismo ecológico con el confort que exige el viajero tradicional—, llamé a una de las asistentes de sala que repartían y recogían papelitos con preguntas o comentarios de los concurrentes y le rogué que ubicara con urgencia a la señora Zemeckis. La chica se acercó a mí para no levantar la voz, turbándome con sus perfumes, su juventud y el tintinear de sus pulseras: no me reclamaba un beso sino que le dijera quién pregunta por la señora Zemeckis. «García», dije, abusando de mi provisoria identidad, «Secretaría de Turismo de la Nación». Solícita y embriagadora, meneando sus caderas en la penumbra, la asistente se fue y volvió seguida por una señora mayor, pelo recogido y tirante hacia atrás, traje sastre, poca pintura. La niña me señaló y la señora se acercó con profesional interés, en uso la sonrisa indicada por el catálogo para cuando se es reclamada en una reunión tan trascendente y por asuntos muy urgentes aunque todavía ignorados.

En esos momentos el conferencista introducía a un tal Jean Baptiste Sorel, de quien dijo que conocía la Patagonia como la palma de su mano francesa, y pensé en lo que se estaban perdiendo por no haber invitado al camionero que compartía el departamento pero no la cama con Gloria la Pecosa: él sí podría haberles dado un preciso panorama del estado de relaciones entre la naturaleza y su depredador natural, el operador turístico.

Pero Zemeckis ya estaba frente a mí y con sonrisa número tres del catálogo me preguntó:

—¿A quién representa el señor...?

—Al Chivo Robirosa —le dije, en un susurro gentil.

Palideció y pareció a punto de desvanecerse, como Blancanieves al morder la manzana envenenada por la bruja, ante el estupor impotente de los enanitos.

16

No hubo desmayo, sólo un pequeño revuelo al fondo del auditorio. Con la rapidez y diligencia con la que un tornado levanta la casa del granjero y se la lleva lejos de la granja, un par de gigantes me transportaron a mi habitación sin que mis pies rozaran el piso.

—La coordinadora comprobó que no está usted en ninguna lista, de modo que lo invitamos a visitar esta bella ciudad de Mar del Plata y dejarse de joder por allá abajo —dijeron después de apilar mis huesos sobre la cama y de retirarse, como antes el botones, sin esperar propina.

Pregonaba Almafuerte que no hay que darse por vencido ni vencido. Aceptar mi condición de derrotado habría sido como resignarse el burro a sus orejas sin el derecho a correr detrás de su bien ganada zanahoria. El nombre del Chivo Robirosa no despertaba buenos recuerdos, por lo menos en la señora Zemeckis. Quizás el triángulo veneciano estaba aún en carne viva y el fantasma del Rubio recorría los pasillos, él sí, con credencial de invitado al congreso de farsantes.

El sol siguió brillando generoso y decidí caminar un rato por la costa para aclarar mis pocas y vetustas ideas, ciertos conceptos singularmente abstractos que manipulo como nitroglicerina en la oscuridad de mi cerebro sobre cómo se ajustan, a su pesar, las piezas de algunos rompecabezas existenciales.

En el lobby del hotel me abordó un mensajero con un recado de Zemeckis: quería verme esa noche, si todavía estaba en Mar del Plata, o que la llamara desde donde me encontrase al 272715. Recordé la terminación de ese número para la quiniela que jugaría al día siguiente, en cuanto abandonase el Costa Feliz y recuperase parte de mis ahorros confiscados. Araca Victoria Zemeckis no era exactamente «la niña bonita», aunque debió ser una mina atractiva diez años antes, cuando brillaba en su propio firmamento y administraba sola sus riquezas. Ahora, en cambio, oficiaba de segundona de algún tallador más o menos fuerte, y se le notaban en la cara el resentimiento y la frustración de señora bien, obligada a calzarse delantal y cofia de mucama. Pero después de la natural sorpresa de toparse cara a cara con el portavoz de un muerto, la curiosidad parecía haber ganado la partida y estaba dispuesta a concederme audiencia, por lo menos telefónica.

Esto me estimuló a caminar por las playas repartiendo piropos y recogiendo graciosos comentarios femeninos como «viejo verde, baboso, grosero, por qué no vas a armar castillos de arena con tus nietos, decadente». Las mujeres ya no se turban ante los elogios masculinos, aunque provengan de un galán maduro que tiene el subconsciente alojado en la próstata. Contraatacan al requiebro con respuestas soeces, ladran como perras si el tipo no les gusta, diosas del lifting, muñecas recicladas. Las menos violentas y hasta dulces son las jovencitas, las que nadan por debajo de la línea de flotación de los veinte años. A ellas les causa mucha gracia y hasta ternura que un viejo las mire como a hembras, saben administrar el regocijo y el asco y, con el jugo de tomate de sus edipos, arman un cóctel a la vista de todo el mundo, en la playa y bajo el sol escandaloso de las dos de la tarde.

Una de esas pibas me tomó del brazo y caminó conmigo durante doscientos metros por las orillas de las playas de Punta Mogotes, «si vos y yo tuviéramos hijos, serían tus nietos y mis hermanos», dijo mientras miraba hacia la carpa donde una barra de amigos aplaudía su hazaña, vociferaban «volteatelá, abuelo» y se pasaban de mano en mano las botellas de cerveza.

—Mi sexo es el recuerdo —le dije cuando ya nos separábamos al pie de una escollera—, amo lo que fui, más que a mí mismo y a tu cuerpo espléndido.

Me dio las gracias y un beso por haberle permitido acompañarme. Se fue corriendo y dejé de verla antes de que se transparentara en un pequeño huracán de arena y desapareciera entre la multitud que se lanzó a recoger ropa, bolsos y reposeras bajo un cielo ventrudo de tormenta. Con un hachazo de viento sur, el verano se derrumbó como un viejo árbol cansado.

Pasé todo el resto de la tarde viendo llover.

No da lo mismo la lluvia sobre un rancho que sobre un hotel cinco estrellas. En el rancho, el agua tamborilea en el techo de chapas y se descuelga por los aleros, repartida en pájaros traslúcidos de trino y figura fugaces. En el hotel de lujo, pega duro en la memoria y se estanca entre remordimientos.

Espectáculo deslucido el de la lluvia, desde esos lugares con categoría internacional: poco público siempre, nada que aplaudir.

17

Boca arriba en mi habitación de ciento veinte dólares por día me alcanzó la noche, fumando y haciendo zapping por los canales del mundo: policiales con cadáveres tan estropeados como el de Aristóteles Fabrizio, documentales y noticieros, la vida salvaje de las fieras en África y la de los hombres en todos los continentes. La tele muestra como si nada el espectáculo sin fin de la violencia y la ignorancia, la sociedad global y mediática es un mamut cuyo alimento balanceado son los pobres, los pterodáctilos vuelan sobre los corazones inermes de los que todavía rezan en vez de atacar y defenderse. Para colmo, no paraba de llover y el 272715 daba siempre ocupado.

Harto del zapping, decidí darme un paseo por aquella alfombrada metrópolis con aire acondicionado y salí a andar por los pasillos, como un velador nocturno. En la planta baja un tipo tocaba al piano música de películas premiadas con el Oscar, una pareja de ancianos miraba sin escuchar, alguien a mi derecha hablaba en inglés con su teléfono celular, la lluvia barría los ventanales y de vez en cuando se adivinaba la mancha negra y blanca de un taxi, nuevos pasajeros entraban en aquel mundo protegido y los botones se lanzaban como anticuerpos sobre sus equipajes.

Un cantor cirrótico, vaso de whisky en mano y la voz en cualquier lado menos en su garganta, se sumó al pianista para masticar y regurgitar la letra de una balada puro despedidas y desencuentros. El del celular terminó de hablar en inglés con nadie y se fue, pasando por entre el cantor y el pianista como si no existieran, la pareja de ancianos se adormecía. Desvié la vista de toda esa nada y me topé con la figura rotunda de Romeo Dubatti.

Podía ser otro, porque había cambiado mucho. Conservaba del Dubatti original la nariz de águila y una mirada acuosa de asesino serial o pastor metodista. Había sido compañero del Chivo en las inferiores del Hindú Club cuando el Chivo recién llegaba de Córdoba: mediocre jugador de rugby a quien una oportuna fractura de fémur le permitió retirarse y engordar sobre una cojera que se volvió crónica por falta de rehabilitación.

Además de echar panza y de perder el pelo, Dubatti había engordado también su cuenta bancaria. Entró en el Costa Feliz envuelto en un abrigo color crema pastelera, del brazo con una rubia alquilada, metro setenticinco, cintura de avispa y pechos de nodriza, pelo que se irradiaba como sol del veinticinco desde el óvalo rasante de un rostro inexpresivo y tonto de muñeca Barbie.

Después de que le quebraron la clavícula, el Chivo había andado muy cerca de Dubatti. Negocios, el Chivo con lo ganado como estrella del rugby profesional en Italia y Dubatti con su guita de quién sabe dónde. Un hueso roto los separó primero para después volver a juntarlos. «A la ovalada no la veía ni cuadrada, pero para la guita el crack es él», dijo alguna vez el Chivo, hablando de Dubatti al poco tiempo del reencuentro y antes de desaparecer en la galaxia de los poderosos.

Ahora estaba allí, en el Costa Feliz, con su figura estridente y una puta costosa y ordinaria. Era verano y tipos como ése son de los que doran sus inmundas panzas en Punta del Este, isla Margarita, Pinamar o Polinesia, playas en las que encalla la resaca de nuestra burguesía. Pero estaba en Mar del Plata, ciudad balnearia para trabajadores asalariados si queda alguno, decadente y bella y despreciada por los arribistas, y en un hotel pretencioso que, por salvar la temporada, debía aceptar que se celebrara en su edificio una junta de narcos disfrazados de operadores turísticos.

Algo me pareció tan estridente como su figura, el piloto que usaba y la rubia que lo acompañaba: Romeo Dubatti no había venido a tomar baños de mar.

18

En el 272715 atendió por fin la niña bonita en persona, Victoria Zemeckis ex Pinto Rivarola, Aracavictoria, el vértice femenino del triángulo veneciano.

—Si quiere hablar conmigo tiene que ser esta misma noche porque mañana usted se va de Mar del Plata —dijo sin respirar, con voz programada de operadora de la Telefónica.

—Tengo tres días pagados en el hotel —me atajé.

—Tiene un solo día y a cargo de la organización del evento. Mañana le devuelven su depósito intacto. Y a volar.

No quise contradecirla sin por lo menos intentar sostener con ella un diálogo menos teñido de autoritarismo. Dijo que me esperaba en un boliche de la avenida Luro, frente a la terminal ferroviaria. Enviaría un coche para que no me mojara esperando el colectivo, prometió cuando le advertí que llovía a cántaros y no tenía un peso en el bolsillo.

—La cena en el hotel también está pagada —agregó—, aproveche a comer en un lugar digno mientras llega el coche.

No pude probar bocado, mi estómago rechazaba aquel alimento espurio. Menos prejuicioso, el hígado filtró complacido la botellita de riesling helado que me sirvieron con la comida.

Llegó el coche y cruzamos a moderada velocidad una Mar del Plata borrada por la lluvia: coloridas luces que se mezclaban como en una paleta, manchas fugaces de transeúntes rezagados, la avenida Luro desierta y, frente a la estación de trenes, el Turn Around Club.

Araca me recibió sin preámbulos en un despacho recubierto de madera oscura, lámpara de pie y velador sobre un escritorio con su pecé de rigor, monitores en las paredes laterales, control total, poder absoluto, por lo menos en aquella cueva.

—Es una expresión yanqui: *turn around* quiere decir algo así como darlo vuelta todo, poner el mundo patas para arriba.

—Curioso nombre para un dancing —comenté, recuperando un castellano de gardelito engominado.

—Esto no es «un dancing» —aclaró, torciendo la boca aquí se transa, se hacen negocios como en la bolsa de Hong Kong.

Me invitó a sentarme.

Bella mujer, pese a estar *on line* con los cincuenta. El traje sastre, y el pelo tirante y recogido en un rodetito, le daban aspecto varonil. Tal vez fuera lesbiana o se vistiera así porque actuaba en un mundo de hombres armados que por lo general disparan a la nuca.

—Al Chivo lo mataron por pelotudo —anunció—. Los mandaderos se arriesgan a caer bajo el fuego cruzado del negocio, él ya no tenía edad para pendejadas.

Se me quedó mirando, las pupilas dilatadas por la cocaína o la curiosidad. Que un gil se caiga por un lugar como ése preguntando por otro de su misma condición no debe ser cosa de todos los días.

—Pero era un buen tipo —se corrigió, como arrepentida—. Y en este país a la buena gente la aplastan, la trituran, se la comen cruda los caníbales que no andan precisamente en taparrabos esperando a Solís.

Hizo otra pausa. Ya sin esperanzas de que yo abriera la boca, pasó a las preguntas:

—¿Cómo supo de mí?

Le conté de la agenda que el Chivo había transformado en una suerte de diario personal, le dije que por esos papeles sin orden aparente supe del Rubio.

Mencionarlo fue como oprimir enter en el teclado de la computadora: desplegó todo un programa archivado un montón de años antes, una memoria sin aplicación práctica que sin embargo la tiñó de tristeza, le aflojó la figura y las facciones, y mientras hablaba se soltó el pelo de un solo manotazo. Definió al Rubio como a un escombro que ella había recogido de la calle para llevárselo a su casa, una suerte de osito de peluche con pesadillas. Tenía seis años entonces, creció con ella. Y Araca no encontró otra forma de resolver su edipo que haciéndole un olímpico pagadios a los ancestrales tabúes.

—Sin culpas ni remordimientos de ninguna clase, Mareco. Alegar inocencia me pareció siempre un juego sucio de timadores que se disfrazan de buena gente. El Rubio creció en ese maremágnum, fue al colegio y en algún lado oyó hablar de incesto y aprendió a leer y escribir y a pensar, pero jamás se plantó ante mí para decirme sos una hija de puta.

Pensé que apenas si le habían alcanzado las fuerzas para colgarse de un puente. Araca no mencionó lo del suicidio, habló en cambio de la llegada del Chivo a su vida, de cómo ella lo cazó al vuelo en Roma, durante una salida del equipo, y se lo quedó un tiempo, haciéndole compartir el dichoso incesto que para ella se había vuelto una rutina.

—Al principio no entendía, pobre Chivo, un negrito del interior al que la guita le entraba más rápido que la experiencia. Se deslumbró conmigo, yo en esa época era Pinto Rivarola, prometí llevarlo a fiestas, presentarle gente de verdad, munición gruesa de esta sociedad y no la gilada de fogueo con la que se codeaba.

—Otro Rubio para su colección.

Asimiló mi comentario como un boxeador veterano al golpe bajo. Además era cierto, aunque las maneras de hacer encajar y coincidir realidades tan distintas necesiten siempre de un mecanismo tramposo.

—Terminó cogiéndoselo él también. «Para darte celos», me decía, pero a mí no me daban celos sino una plenitud extraordinaria. Nunca me sentí tan mujer como con ese par de bufarrones.

—Algo falló, sin embargo. Algo se quebró. De otra forma no se explica que uno se suicidara y el otro terminara muerto a tiros como un perro rabioso.

—No fue mi culpa, Mareco —dijo Araca después de un rato de demorarse en su infierno como quien examina cómo crecieron de un día a otro los geranios del balcón—. Yo no engañé nunca a nadie. La pasma conoce mi pasado mejor que mi sicoanalista, mi historia clínica es ese prontuario al que usted seguramente habrá tenido acceso para encontrarme aquí en Mar del Plata. ¿Quién le dio el dato? ¿Sánchez, Miglioranza, Belsito, Gargano?

—Gargano.

—«Tirofijo» Gargano. Casi tuve un hijo con él. Lo aborté. No soportaba llevar en la panza una cría de alcahuete con uniforme. Le importó tres carajos, de todos modos. Me dio doscientos pesos y me pidió que me borrara.

Sonó el teléfono y salió de aquella conversación terrible como si hubiera estado hablando del tiempo. Pareció alegrarse por el llamado, alguien a quien esperaba, de cuya presencia dependía, según lo que deduje de sus monosílabos, el cierre de alguna transacción importante. Tapó la bocina con la mano y me dijo que ya me había contado todo lo que había pensado decirme sobre el Chivo Robirosa, el remís estaba en la puerta esperándome y al otro día iría a buscarme al hotel para ponerme de patitas en el ómnibus a Buenos Aires.

—No es nadie —le dijo a su interlocutor en el teléfono—, una visita, ya se está yendo.

Me incorporé despacio. No tuve que exagerar la parsimonia porque la humedad había hecho estragos en mis articulaciones. Caminé hasta la puerta del despacho.

—Saludos a Dubatti —dije por puro pálpito, otro golpe bajo en la despedida. Como el boxeador que, a modo de saludo, pega en los huevos cuando ya sonó la campana.

19

Mientras volvíamos a cruzar la ciudad fantasma en que el temporal había convertido a Mar del Plata, el chofer recibió un llamado por el teléfono celular. Respondió con monosílabos y protestó sordamente, no pareció gustarle lo que le pedían y cortó de mal humor.

—Este trabajo es ingrato —dijo—, usted me había caído bien, pese a ser taxista en Buenos Aires, donde a los chóferes que no son del gremio no los quieren ni pintados. Pero ahora tengo que dejarlo aquí.

Le aclaré que, si era por la vieja rivalidad entre taxis y coches, yo pensaba que todos tenemos derecho a trabajar, y el pasajero, a elegir el auto que más le guste. Pero no hubo caso. Detuvo el coche en la explanada junto a los balnearios de La Perla, bonito lugar en un día de sol pero, en noches de tormenta, lo más desprotegido que pueda ofrecer la ciudad de los alfajores Havanna.

—Lo lamento, compañero. Si no obedezco, me quitan el auto y el laburo.

—Pero...

—Abajo.

Empujada por un viento que no quitaba el pie del acelerador, la lluvia me envolvió apenas bajé como la olas a una almeja. El remís se perdió hacia el centro y desde la dirección opuesta apareció, milagrosamente, un taxi con cartelito de «libre». Con el aguacero obligándome a entrecerrar los ojos no alcancé a ver que el taxista, que tan gentilmente arrimaba el coche a la vereda, venía acompañado.

Por eso me sorprendió el primer balazo, la explosión a pocos centímetros de mi tórax, en plena columna del alumbrado público. Después, supongo, una y otra lluvia confundieron sus resonancias, pero no me detuve a intentar discriminar cuál era de agua y cuál de balas. Salté el murallón de la costanera como jamás lo habría hecho ni con cuarenta años menos, mi afición por el deporte no pasa de mirar algún partido de fútbol por la tele, nunca comprometí mi físico en una sola clase de gimnasia. Del otro lado había por lo menos tres metros de vacío, no me rompí el cuello porque caí parado y un revolcón en la arena, aunque húmeda, siempre es más benévolo que rodar sobre un acantilado, si uno piensa mandarse de cabeza sin otro cálculo que la imperiosa necesidad de salvar el pellejo. Creí que no lo lograría, pese a mis buenos reflejos. Los animosos pasajeros del taxi bajaron y vaciaron literalmente los cargadores desde el murallón, como agentes de Fidel en una playa de Cuba donde estuviera desembarcando una expedición de gusanos de Miami. Por suerte tiraban a ciegas, la lluvia era tan intensa que me borró de sus miras probablemente infrarrojas y me dio tiempo a tomar un saludable baño de mar.

El agua estaba helada y el mar revuelto tiraba para adentro, invitándome a compartir la posteridad con Alfonsina Storni. Me dejé llevar como un pez y aparecí detrás de una escollera, dibujada ante mí por el resplandor de unos enormes carteles luminosos de Pepsi Cola. Puedo decir que esa publicidad salvó mi vida y, de ser un tipo agradecido, debí haber abandonado el whisky para consumir nada más que esa fucking gaseosa.

Una ola me arrojó contra uno de los pilotes de la escollera y a él me abracé hasta que mi corazón, ayudado por la temperatura del agua, frenó su galope. El mismo resplandor del cartel de Pepsi me permitió identificar la sombra de una escalera y, como en ese lugar el agua estaba tranquila, no tuve problemas en alcanzarla y subir.

El portero de turno en el Costa Feliz no me dejó entrar. Mi aspecto no ayudaba a ganar la confianza de nadie, debo reconocerlo: trabó la puerta giratoria y me obligó a esperar a la intemperie —para colmo ya casi no llovía, lo que hacía más difícil justificar mi estado— hasta verificar mi identidad en la conserjería. Después vendrían las disculpas y las atenciones dignas de un príncipe destronado, pero no pude disfrutarlas porque me obsesionaba encontrar la forma de desaparecer de aquel peligroso escenario sin abandonar el asunto que me había llevado hasta allí.

Quise atrancar la puerta de mi habitación con algún mueble pero todos estaban como clavados al piso. Debían temer que, por quedarse con un recuerdo del hotel, algún pasajero se tentara con llevarse la cama o la bonita cómoda en la valija. Eché el cerrojo y prendí la tele. Dormí de a ratos, haciendo zapping cada vez que un ruido afuera me sobresaltaba y abría los ojos. Cuando empezó a amanecer, ya la tormenta era apenas una línea de sombra demorando al sol en el horizonte.

En la tele estaban dando el replay de un programa de cocina norteamericana: turno de la repostería, una impresionante torta de cumpleaños rellena con bellotas y crema de leche de castor, y recubierta con chocolate dietético. El zapping me paseó por una película yugoslava, un noticiero de la CNN y un canal equis equis donde se veía, sobre una cama grande como la pista de un circo, un revoltijo de rojizas desnudeces transpiradas que a esa hora temprana me cayeron como desayunar tocino con huevos fritos.

Hora de hacer pis y de pedir refuerzos. Como quien estrella contra una pared la botella de whisky que se bajó durante toda la noche, apagué por fin la televisión.

20

—Ni se te ocurra denunciar a nadie —fue lo primero que dijo Gargano después de putear por escuchar mi voz en ayunas—. Los mismos que te cagaron a tiros terminan a esta hora el turno noche en alguna comisaría de por ahí a la vuelta. Esto te pasa por jugarla de Dick Tracy cuando no te da el cuero ni para una versión geriátrica de Rolando Rivas.

—El Chivo y Dubatti estuvieron muy cerca uno del otro, en algún momento de sus vidas.

—No sé quién es hoy el tal Dubatti, Mareco. Voy a tratar de averiguarlo. Pero nadie parece haber ido a ese hotel para una fiesta de quince. Pagá la cuenta, si podés, y volá.

Le comenté que la cuenta estaba pagada y que a él le decían Tirofijo, lo que le provocó una risa asmática que sonó como frituras en la línea.

—Las hembras del hampa viven de leyendas, ya no soy el que era. Todavía cargo por izquierda pero no porque me lo exijan los tiroteos sino por pura costumbre —dijo Gargano con sincera nostalgia.

Bajé a desayunar antes de irme. Me enteré de que no quedaban turistas en el Costa Feliz, pese a estar en plena temporada. Los organizadores del simposio o lo que fuera habían reservado para ese día casi todo el hotel, aunque sólo ocupaban el veinte por ciento de las habitaciones.

—Razones de seguridad —explicó el conserje cuando recuperé mi depósito en efectivo y estuve en condiciones de ser generoso con sus indiscreciones. Pero no supo o no quiso decirme por qué una reunión de operadores turísticos demandaba tanta seguridad. Si lo sabía, los diez pesos que me había confiscado debieron parecerle insuficientes. Decidió ensayar una explicación sociológica—: El Costa Feliz privilegia esta clase de eventos porque trabaja todo el año con ellos —me instruyó por la misma plata, como un taxista aburrido que decide darle charla al pasajero—, si fuera por los turistas muertos de hambre que vienen a Mar del Plata en verano, este prestigioso establecimiento cerraría sus puertas.

—¿Quiénes son ésos?

Señalé a unos flacos pelilargos que pasaron arrastrando los pies rumbo al salón del desayuno.

—Rockeros —dijo con desprecio—. Actúan esta noche al aire libre, si no llueve, en la explanada que separa el Casino del hotel Provincial. Les paga el gobierno de la provincia. Quieren que la juventud vuelva a Mar del Plata. Guita tirada, ésta es una ciudad de viejos y de gángsteres.

Encontré a Dubatti en el comedor, en la mesa contigua a la de los rockeros. Lucía un patético conjunto de jogging, zapatillas Nike y la rubia, que debió haber dormido con pintura, joyas y tacones altos puestos porque apestaba como los camiones en el puerto, como todo aquel asunto que se cocinaba a la vista de todos y sin que nadie se diera por enterado.

Notorio a la luz rasante del sol que entraba por los ventanales, un halo de moscas revoloteaba sobre ellos, anticipándose a la putrefacción de los cuerpos.

Los rockeros hablaban a gritos como mujeres en un vestuario. Habían desplegado unas partituras entre las tazas de café con leche y los vasos de jugo de naranja. «Yo entro recién acá —dijo uno, marcando con birome el lugar del pentagrama que se había reservado—, y después arranca Pedernera a calentar la plaza.» Pedernera golpeaba la mesa con las palmas sin darle bola a los demás, que ahora discutían cuál sería el tema indicado para levantar los ánimos del recital. El gobierno de la provincia le pagaba a ese grupo de terroristas de la música para que la juventud volviera a preferir Mar del Plata para sus alegres vacaciones: *Megainfierno*, se llamaba, y Pedernera el baterista golpeaba la mesa al compás de la discusión de sus compañeros. «¿Quién controla a los loquitos?», preguntó uno, el más veterano, tal vez el líder de la banda, y como en un libreto en el que cada movimiento está previsto, Dubatti se levantó de su mesa y se presentó.

No me reconoció. En realidad, ni reparó en mí. Si hubiera sido rencoroso, podría haberlo liquidado ahí mismo, en el salón de desayunos del Costa Feliz, pero no soy asesino, no sé manejar armas ni me interesaba tomar como una cuestión personal las decisiones administrativas de un pistolero. Gargano me confirmaría más tarde lo que creí escuchar en ese momento: que Dubatti era el secretario privado del gobernador. *Burrumbumbún*, golpeó la mesa Pedernera, en cuanto los de Megainfierno se enteraron por Dubatti de que un grupo de élite de la policía provincial sería el encargado de identificar a los drogones, clasificarlos y echarlos a patadas de la ciudad. El líder de la banda aprobó el anuncio levantando su pulgar derecho y hubo aplauso cerrado, anticipo del seguro éxito del recital.

Es extraño estar sentado frente a un tipo que, apenas unas horas antes, ordenó que nos cocinaran a balazos. A la luz del día, Romeo Dubatti se veía como un pelafustán casi simpático, ganándose la voluntad de aquellos rebeldes a sueldo de las grabadoras cuyo hit en esos momentos era el tema *Maten al viejo perro policía*.

Apenas salí y antes de llegar siquiera a la puerta de calle del Turn Around Club, Araca debió decirle por teléfono a Dubatti: «El que acaba de irse tiene cara de pelotudo pero es un tipo peligroso, por ser amigo del Chivo y de Tirofijo Gargano, y porque encima te conoce y sabe ahora que el secretario privado del gobernador se telefonea amistosamente con la madama que tiene en Mar del Plata el franchising del Cartel de Cali».

Malentendidos que, como señales de tránsito, nos indican el camino más directo hacia la tumba. El Chivo debió morir por ellos, además de por estar en el lugar equivocado. Pero a esa altura, y mientras mi creciente congestión bronquial era la prueba palpable de que la incursión marina no me había salido gratis, decidí que no pararía hasta averiguar quién le bajó el pulgar al que alguna vez había sido la estrella sudamericana del rugby italiano. No por afán de justicia, no soy el enmascarado solitario y no me avergüenza rendirme incondicionalmente al primer disparo. Pero quería saber por qué, qué había pasado para que el Chivo se transformara en lo que terminó siendo. Araca y el Rubio tuvieron su parte, no me cabían dudas, pero esa ensalada de perversiones no era suficiente para que un tipo como él se dejara tumbar desde allá arriba sin paracaídas.

Aprovechando el poco celo de la mucama que limpiaba en ese momento el baño, me filtré en la habitación de Dubatti y me escondí en el ropero hasta que la empleada terminó su tarea. Dubatti y su rubia para armar corrían seguramente por la playa, dando ejemplo de vida saludable: revisé cajones y equipaje. Encontré una agenda Morgan del tamaño de un cuaderno de clase de escuela primaria, con tapas de cuero y el nombre «Romeo Dubatti» estampado en oro. Sobre el escritorio de la *suite* había un teléfono celular que sonaba a cada rato con una chicharra ahogada, un set de maquillaje y una caja con pelucas para que la Barbie pudiera elegir con qué cabellera bajaría al baile de cierre de la convención, que se celebraba esa noche en el hotel.

Me pregunté en qué momento se le despierta a uno la pasión por coleccionar chucherías: cajas de fósforos, estampillas postales o agendas de otros. Aquélla era una oportunidad como cualquiera para empezar. Los fósforos y los sellos postales van cayendo en desuso, y aunque hay agendas electrónicas muy completas y serviciales, no reemplazan todavía a las tradicionales como no puede cambiarse por una pantalla de computadora la sensación de mascota cariñosa y culta que nos proporciona llevar un buen libro bajo el sobaco. Guardé la agenda en mi bolso y abandoné el Costa Feliz por la puerta grande, antes de que Dubatti y su muñeca inflable volvieran del ejercicio aeróbico.

Irme ya mismo de la ciudad parecía una opción tan saludable como correr por la costa en jogging y zapatillas respirando hondo el aire de mar y admirando el culo de las señoritas que sobrepasan a los carcamanes por la vía rápida. Pero abandonar aquel escenario me pareció una deserción. Había una historia, que yo no había escrito y que ni siquiera me tenía como personaje secundario, pero cuya trama y desenlace me atraían ya casi morbosamente. Una historia con algún capítulo que se había desarrollado en Mar del Plata, y que había terminado con la vida de un buen amigo, después de que él mismo —debo reconocerlo— se tomara el trabajo de prepararse para morir.

SEGUNDA PARTE

Horas extras

21

Para no exhibirme en las playas marplatenses me fui a Miramar, balneario ubicado cuarenta kilómetros al sur que vende sus encantos turísticos con el eslogan «La ciudad de los niños», aunque las caras que abundaban por allí ese día no eran precisamente infantiles. A las once de la mañana había llegado a Mar del Plata y se había instalado en Chapadmalal, muy cerca de Miramar, el gobernador de la provincia. Y a las ocho de la noche estaba anunciado el arribo del presidente. Demasiada presencia oficial para el baile de cenicienta de una sencilla convención de operadores de turismo.

—¿En qué te metiste, Mareco? Volvé a manejar tu taxi o te vamos a tener que llorar con lágrimas de cocodrilo en la próxima cena de ex alumnos —dijo Gargano cuando pude ubicarlo por teléfono al mediodía, aunque de inmediato me pidió que no me moviera de Miramar, que lo esperara, tenía dos días de franco y no se los quería arruinar saliendo en Buenos Aires con una viuda de cincuenta que pretendía, desde hacía meses, casarse con él de blanco y por iglesia.

Nos encontramos a las cinco de la tarde, en una playa del centro de Miramar, shorcitos de baño y chanclas, muy elegantes los dos como bañistas ocasionales de un contingente de jubilados.

—La Federal es una picadora de carne —dijo a modo de saludo—. Demasiadas presiones, la democracia es un carnaval, a la gente la engrupe el periodismo charlatán y les hace creer que se puede combatir al delito haciéndole la pelota a los ladrones para que se porten bien, mientras los políticos hablan gansadas para ganarse el voto de los no violentos que en esta sociedad de cornudos ahora parece que son mayoría. Hasta el gil que se marea cuando le sacan dos gotas de sangre cree saber más que uno, que anda metido hasta el cuello y de sol a sol en esta cloaca.

No había venido a exponer su disconformidad con el sistema, pero aprovechó para hacer catarsis mientras nos remojábamos los juanetes caminando por la orilla, disfrutando de la tarde soleada y apacible, «pocas minas que valgan la pena, che, demasiado pendejo quilombero» fue su descripción de los encantos de Miramar, mientras resoplaba como un hipopótamo. Los rollos de grasa que colgaban de su abdomen podían ocultar una sobaquera con pistola Halcón y cargador completo de repuesto.

Pronto habría elecciones para renovar parlamentos. La presencia de tanta autoridad en Mar del Plata era explicada por la prensa como parte de la campaña política, todo el mundo iba a donde veraneaban las multitudes para ser televisado y fotografiado, y repetir los discursos y las diatribas que el pueblo escucha desde que se despierta cada mañana y enciende la radio, hasta después del polvo exhausto con que los más afortunados cierran su día productivo, o de los buches con que otros se limpian la boca y alivian los estragos de sus dentaduras postizas.

—Pero este desfile de modelos tiene razones que no figuran en ningún catálogo —dijo Gargano cuando paramos a tomar un martini en un barcito sobre la playa.

—No me interesa ver cómo los fantoches juegan a las esquinitas y a la silla, Gargano. Ya tuve suficiente con esos Pérez García de la mafia que representaron en el cine Marlon Brando y el Beto De Niro. Lo único que quisiera saber es quién contrató al travesti cojo que mató al Chivo y por qué lo hizo, por qué el Chivo terminó ahí en el fondo cuando antes lo había tenido todo, guita, fama, minas, amigos.

—Amigos no, Mareco. Sos un vulgar tachero, nunca descollaste en nada y estoy seguro de que hasta tus hijos se olvidan de tu cara si no los ves seguido. Pero si hubieras sido un chabón exitoso como el Chivo, si hubieras sido alguna vez importante o conocido, te habrías dado cuenta de que los amigos se esfuman cuando las cosas te van bien, no lo soportan. Y aparece a tu alrededor la fauna del éxito, la ladilla del poder, y vos agarrás lo que tenés a mano pero quisieras que los otros, los que te querían cuando eras una ratita miserable, no fueran tan hijos de puta y te llamaran alguna vez para decirte «me la banco, che, me gusta de verdad que te vaya bien, que vivas en una mansión con tan buenas minas y las saques a pasear en autos caros, me gusta de verdad que la vida te sonría, no me importa nada vivir en el mismo dos ambientes con la misma mujer desde hace treinta años, venite esta tarde con esa puta espléndida con la que te vi en la tele el otro día y tomamos unos mates en el balcón».

—Hablás como si a vos te hubiera pasado, como si también hubieras sido famoso.

—Soy poli, acordate. Me mandan a juntar la mierda mientras la gente decente frunce la nariz y mira para otro lado. No puedo hacerme el boludo. Si me distraigo, me la dan.

Estaba bien, el martini. La playa, que de a poco se iba vaciando. La espuma de las olas sobre el azul intenso que a esa hora mostraba el mar, las gaviotas revoloteando en la orilla, el boliche con una lámpara que, como un samovar, servía su luz tibia sobre el mostrador, la voz de Joao Gilberto en los parlantes haciéndome creer que aquello podría ser Río o Bahía y no Miramar la ciudad de los niños.

Gargano Daniel se había convertido en una especie de filósofo federal, un poli reciclado que encontraba, a su edad y a esa hora de la tarde, el momento propicio para empezar a inventariar las miserias que durante tantos años lo habían mantenido ocupado a tiempo completo con obra social y descuentos jubilatorios. Pero ya tendríamos tiempo para reflexionar sobre por qué cada uno toma el destino con sus manos y lo quiebra como a una copa de champán cuando se descubre el engaño, la farsa esencial, cuando se confirma la sospecha de que los naipes están marcados aunque talle la Divina Providencia.

Ya eran las seis y media de la tarde y Gargano, además de su gaseosa melancolía, había traído un plan. Para qué, es lo de menos. Siempre es recomendable tener un plan, algo estructurado, un itinerario más o menos definido para las siguientes cuatro o cinco horas de nuestras vidas. No importa si ese plan es bueno, como da lo mismo que sea el hombro de un amigo o el de un desconocido el que usa el borracho para apoyarse, poder salir del boliche y acostarse en la vereda.

Me dio algo de tristeza dejar aquel barcito. Ahora cantaba María Creuza y en un rincón, arrullada por un musculoso de gimnasio a tiempo completo, una linda piba de menos de veinte me hizo acordar de otra mina bonita como ella que me abandonó hace treinta años. No es necesario llegar a viejo para descubrir que la felicidad es un barco que vemos pasar a lo lejos.

Hablo de náufragos, claro. De tipos que, como yo, esperan en la orilla. Aguzando la vista al atardecer para no perderse, sobre el horizonte, el desfile en escuadra de sus espejismos.

22

El plan de Jonathan Harker para liquidar a Drácula —hacerse contratar como bibliotecario y dormir en su propio castillo de Transilvania para clavarle la estaca en cuanto lo encontrase distraído— no era más descabellado que el de Gargano.

—Pero estoy recontrapodrido de que todo el mundo crea que somos la escoria de una sociedad de angelitos. Los políticos nos usan: nos dan de comer con una mano y nos cagan con la otra. Hay que desenmascararlos.

—A mí no me preocupan los políticos, me preocupa Dubatti: nadie lo conoce pero fijate la vida que lleva.

—Papá averiguó bastante sobre ese miserable, Mareco.

Volvíamos a Mar del Plata en el auto que Gargano había alquilado a su cargo en el aeropuerto. «Esta misión no es oficial —me recordó—, los gastos corren por mi cuenta.» Manejaba despacio y pegado a la banquina mientras me contaba de Dubatti Romeo Manuel. Casado con una minita de familia patricia, Felicitas Solari Colombres, tres hijos, todos educados en colegios de por lo menos mil mangos mensuales y enviados después a Harvard, a Columbia, a Yale.

—Dubatti se trepó al jumbo oficial después de quebrar tres sociedades importadoras, a lo largo del injustamente desacreditado proceso de reorganización nacional y el desgobierno de la sinagoga radical. Pedía créditos sobre créditos y los garantes siempre a la lona, se mudó de barrio y hasta de ciudad por lo menos seis veces, y siempre algún funcionario de segunda línea le sacaba las papas del fuego. Pero el batacazo lo dio con el peronismo islámico de Menem.

—¿Y Felicitas?

—En la lona desde que nació. La familia tuvo ingenios en Tucumán y Salta. Cuando se los cerró Krieger Vasena, durante el virreinato de Onganía en la década del sesenta, recibieron mucha guita. Pero los herederos la desparramaron al viento como a los restos de Mariano Moreno muerto en alta mar.

—Ése fue otro crimen impune —apunté, recordando la dudosa muerte del prócer.

—Si hubiese existido entonces la Federal, nos lo habrían cargado a la cuenta —rumió Gargano, amargo—. En cuanto Dubatti pisó fuerte, puso a Felicitas fuera de borda y se dedicó al puterío.

No me sorprendió el currículum de Dubatti. Después de viajar de polizón en las bodegas del poder se había pasado, sin respetar el escalafón, a la clase ejecutiva. Claro que todavía de camarero, sin fotos en los diarios ni declaraciones porque sencillamente no era nadie, no tenía cargos políticos y su único mérito parecía ser haberse granjeado la confianza de un gobernador.

—Sin embargo tiene gente dispuesta a obedecer sus caprichos —dije, recordándole a Gargano el fulminante operativo con el que la noche anterior había intentado alimentar tiburones con mis vísceras.

—La tiene —me confirmó, mientras con una mano aferraba el volante y con la otra sostenía el celular por el que hablaba con la amante cincuentona que quería casarse de blanco por iglesia. Después de avisarle que esa noche no lo esperara a dormir porque tenía un procedimiento, volvió a ocuparse de Dubatti—. La tiene —repitió, como quien despierta de un mal sueño—, aunque mucho de ese poder que cree propio no le pertenezca.

Ahora figuraba como director general de una importantísima empresa fantasma dedicada en los papeles a la construcción, pero que en toda su trayectoria comercial de cuatro años no había edificado ni un chalecito en González Catán.

—Sin embargo maneja un capital de varios ceros a la derecha, se presenta en licitaciones oficiales que invariablemente pierde, y sigue en pie.

—Dubatti parece un especialista en enriquecerse perdiéndolo todo —dije.

—No es especialista en nada, es un lacayo, un amanuense, un testaferro de lavaderos.

—¿Lavaderos?

—De dólares, Mareco. Guita sucia que hay que enjabonar, enjuagar y centrifugar para que circule inmaculada como el guardapolvos de un colegial el primer día de clase.

—Pero la guita siempre está sucia —advertí, con el tono admonitorio de un monje de trasnoche.

—Seguís siendo un bolche repulsivo —dijo Gargano después de examinarme como a un escarabajo—. Te salva que se cayó el muro y ya no jodés a nadie. Y te soporto porque estamos juntos en esto. Cuando se acabe, vía. Cada uno por su lado.

Me conmovió la declaración de amor policial. Jamás en la secundaria nos hubiéramos imaginado que la vida nos daría, ya maduros, aquella chance de jugar un picadito juntos contra el hampa. Nos reímos del asco que todavía nos dábamos uno al otro, obligados a aquella promiscua convivencia.

Detrás de una curva, Mar del Plata se nos apareció flotando en la neblina con sus primeras luces.

—Habrá una conferencia de prensa —anunció Gargano, de nuevo sombrío, como si la visión de la ciudad lo hubiera desencajado—. Tengo buenos contactos aquí. También vendrán periodistas de Buenos Aires, y hasta noteros de la televisión: les prometí carne fresca, titulares.

—¿Quién va a dar esa conferencia?

—Yo.

No me animé a preguntarle con qué carne iría a saciar a los buitres que había convocado. A lo mejor estaba en manos de un loco. Pero a nadie se le ocurre indagar por los antecedentes clínicos del piloto en pleno vuelo. Si se duda de su idoneidad, mejor tomarse un valium, un vaso dc whisky, ajustarse el cinturón y a mirar la película hasta que se corte.

23

Gargano no contó con que a las ocho de la noche llegaba el presidente. La conferencia de prensa en la que haría sus espectaculares revelaciones era a las nueve, pero en el saloncito del hotel Provincial que a esa hora deberían haber colmado los representantes del cuarto poder estábamos Gargano, un ordenanza y yo.

—Hay que tener paciencia —dijo mientras se mandaba al buche unos canapés de atún, dispuestos en una mesa larga junto a la pared. Me explicó con la boca llena que los costos de esa pequeña fiesta sin invitados los pasaría a fin de mes como gastos de representación, si la cosa salía bien.

—¿Y si sale mal?

—*Don't worry be happy*. Nos matan a los dos y este minibanquete lo paga Jesucristo por caja chica.

A las nueve y media apareció el primer reportero, un veterano cronista de turf con el que Gargano se abrazó como San Martín con Bolívar en Guayaquil. El burrero había sido poli en la Bonaerense hasta que, durante la dictadura, lo dieron de baja «por negarse a torturar perejiles», según la versión de Gargano, aunque por el aspecto sombrío de aquel sujeto deduje que la baja debió obedecer a razones menos altruistas. El caso es que ahora escribía sobre su viejo amor, los burros, para diarios de Mar del Plata y de Bahía Blanca, y de lo que fuese que sucediera en la costa «para un diario de Rosario y otro de La Plata», dijo sin aclarar de qué pasquines se trataba.

A las diez menos cuarto aparecieron otros dos periodistas, una cronista con minifaldas de cuero y un par de fotógrafos que sin preparar sus máquinas se fueron de cabeza a los canapés. Esa multitud era todo el cuarto poder que los contactos de Gargano había logrado reunir en el saloncito del Provincial.

Con voz pausada y después de conseguir, no sin esfuerzo, que los periodistas dejaran de comer y beber, y le dieran bola, Gargano anunció sin más preámbulos que lo que aparecía a la luz pública en el hotel Costa Feliz como una amable e interesante convención de operadores turísticos era, en realidad, una junta de narcotraficantes, una reunión mafiosa en la que, por debajo de la mesa, se estaban discutiendo porciones de mercado, abastecimiento y renovación de las redes de distribución. ¿Qué pruebas tenía? «Si tuviera pruebas no estaría aquí pagándoles el cóctel, estaría con un juez federal y al frente de una comisión de por lo menos cien hombres armados rodeando el Costa Feliz», le respondió a la cronista, a la que le faltaban manos para tomar apuntes y estirarse la mini de cuero que insistía en subírsele hasta la ingle. Lo que sí tenía Gargano según Gargano eran versiones de buena fuente, que por supuesto no podía revelar: pronto habría fuertes inversiones para renovar la flota pesquera que operaba con base en Mar del Plata. ¿Qué significaba «pronto» para él?

Tres meses, seis quizás, seguro que menos de un año. ¿Y qué tenía de malo que hubiesen inversiones?

—Señor periodista, en la vida no hay nada bueno ni malo por sí mismo sino que todo se hace en la persecución de determinados fines —embrolló Gargano al preguntón de turno.

Los fines determinados serían en este caso quitar del medio hasta al último bisnieto de los antiguos artesanos de la pesca que todavía se internaban con sus barquitos de papel persiguiendo a las merluzas: para indemnizarlos les comprarían a buen precio toda esa chatarra pintarrajeada y convertirían a la Perla del Atlántico en un puerto de aguas profundas, apto para que recalase en él todo tipo de barcos factoría. Una importante inversión que promovería la actividad pesquera de altura, transformaría la zona portuaria valorizando las propiedades y reciclaría como empleados a los pescadores más jóvenes que se resistieran a alejarse del mar. ¿Pero por qué hablaba de inversiones un poli y no el ministro de Economía?

—Fijate dónde está la puerta de emergencia, salí con disimulo y esperame en el auto con el motor en marcha —me dijo despegando los labios menos que un ventrílocuo.

Creí que se le había subido a la cabeza la mezcla del martini que habíamos tomado en Miramar con el whisky nacional que se había servido unos minutos antes de la conferencia de prensa, pero una mirada torva subrayó con silenciosa ferocidad su murmullo y me convenció de que estaba en sus cabales. Acababa de entrar un tipo vestido como un clon de ejecutivo y comboi, armado con un kit importado de Taiwan: pantalón bordó, saco amarillo, camisa azul y corbata oscura, quizás negra, con sombrero tejano y botas con herrajes que hicieron *clank* al pararse con las piernas bien abiertas tapando la salida principal, como frente a las puertas batientes de un «saloon» en Toombstone, Arizona.

Manoteé el celular del que Gargano no se despegaba ni para mear y, simulando que recibía una llamada, me levanté y caminé, hablando con nadie, hasta la puerta de emergencia, mientras Gargano me miraba de reojo como si le hubiera quitado el arma reglamentaria y explicaba a los noteros que los que menos saben de economía son los ministros de Economía, y que detrás de toda gran inversión que surge de la noche a la mañana siempre hay una transacción, regla de oro que a lo mejor ignoran los Chicagoboys pero jamás un poli: «el mismo síndrome del chorrito de la villa que un día aparece en una cupé con una rubia y tomando champán», dijo en su salsa, y añadió hasta donde pude escucharlo que en las redes de algunos de los pesqueros que tendrían acceso libre al puerto futurista de Mar del Plata no habría solamente corvina, mero y cornalitos.

Por mi parte, desemboqué en un pasillo solitario que me dio un poco de aprensión. Lo recorrí íntegro pero todas las puertas que daban a él estaban cerradas con llave. Tuve que volver sobre mis pasos y entrar otra vez en el saloncito, Gargano me miró con helada indiferencia cuando le devolví su celular y encaré hacia la puerta grande, en medio de un silencio pesado en el que se adivinaba la incredulidad con que los cronistas habían recibido las escandalosas revelaciones del comisario. El comboi atravesado en la puerta no se corrió ni un centímetro para dejarme pasar, tuve que sortear su pierna derecha como una valla de madera y sentí el olor a aceite quemado que despedían sus articulaciones de Schwarzenegger en cortocircuito. En todo el trayecto hasta la playa de estacionamiento esperé con cristiana resignación a que me interceptara algún gorila adicional y me volteara de un bife o de un balazo, pero nadie se interpuso en mi camino.

Subí al coche de Gargano, puse el motor en marcha y encendí la radio. El gobernador declaraba en ese instante que el turismo es la revolución industrial de los países que no tienen industria, sentencia que me pareció por lo menos extraña porque la Argentina alguna vez supo fabricar algo, además de decepción. Un turista yanqui, un alemán o un japonés trae dólares más frescos que los que aportan una vaca o una tonelada de trigo y no dependen de los precios internacionales, abundó el gobernador sin aclarar que los dólares en los que muchos pensaban estaban más sucios que frescos. Imaginé a Dubatti cerca del gobernador, con cara de yo no entiendo de qué hablan y pensando quién será el hijo de puta que me robó la agenda de la habitación.

Gargano llegó transpirado y jadeando como si terminara de correr los mil metros libres.

—Pido periodistas y me mandan alcahuetes. Arrancá, qué carajo esperás.

Paseamos por Mar del Plata respetando los semáforos y la prioridad de paso de los peatones. Más tranquilo, explicó que el vaquero de la puerta era hombre del Croata Pasich, comisario del partido bonaerense de La Matanza al que llamaban «IVA generalizado» porque por sus redes no pasaba ni el humo de un porro que antes no hubiera dejado el veinte por ciento de su precio a consumidor final.

—Cuando los manda de civil, viste a su tropa de comboyes porque él mismo se cree una especie de John Wayne.

—John Wayne era fascista —recordó mi vieja cultura de adicto a las matinés de barrio.

—Wayne era el Che Guevara, al lado del Croata Pasich —me corrigió Gargano—. ¡Pero mirá qué lindas hembras hay en Mar del Plata!

Cruzaba la bocacalle una, morena espléndida, perfecta. Le hice guiños con las luces y le toqué bocina, pero Gargano me bajó de mi entusiasmo adolescente.

—La presencia de ese matón disfrazado fue un aviso —dijo, olvidado de la morocha que se perdió entre el gentío—: si no bajamos el perfil, nos espera un tiro en la cabeza a cada uno.

Consiguió ponerme nervioso. Antes de que cambiara la luz, arranqué como si nos persiguieran.

—¿Qué hacés? ¡Respetá las señales de tránsito o te pongo una multa!

Aceleré por la avenida Colón, hacia la costa.

—Me vuelvo a Buenos Aires —protesté.

—Hacé lo que quieras, taxista, pero antes dejame en el Costa Feliz. Tengo ganas de bailar esta noche con los ricos y famosos.

24

Ahora quedaba claro. Gargano estaba más loco que Jonathan Harker, Drácula lo iba a morder cuando se quedara sin doncellas y el avión se caía en picada con su nariz apuntando al centro de la tierra. Y yo, mirando la película.

Sin embargo mi prioridad seguía siendo averiguar lo que le había pasado al Chivo, aunque a Gargano le importara más quitarles los antifaces a bandas de narcos vestidos, para la ocasión, de empresarios, y asociados con figuras estelares de la política. Allá él si quería morir en acción y ser ascendido post mórtem a comisario general o jefe de alguna división swat operando en ultratumba. Los hijos no iban a llorarlo y sus ex mujeres probablemente reunirían la plata de sus pensiones y pondrían una fundación para ayudar a los adolescentes sin inteligencia a no dejarse captar por la escuela de policía.

Lo dejé en la puerta de su baile de mascaritas, eran las once de la noche y prometí pasar a buscarlo dos horas más tarde para volver juntos a Buenos Aires.

—No hagás boludeces —me aconsejó, como si él fuera un ejemplo de sensatez—. Si te levantás una mina llamame al celular, no me dejes de plantón aquí, hay mucho viento y se me vuela el quincho.

Tenía, en efecto, un cochambroso peluquín que se aferró como un sombrero de paja cuando bajó del auto y corrió por la explanada del Costa Feliz. Di la vuelta y volví despacio al centro, disfrutando de la ciudad en la que pasé los mejores veranos, los de mi adolescencia. Tan peligroso era mi estado de inconsciencia que olvidé que en mi bolso llevaba la agenda, el libro de bitácora de un mafioso. Como quien se guarda un puñado de caracoles y de almejas o un paquete de alfajores. Ni siquiera le había echado un vistazo, ni le había avisado a Gargano que éramos portadores del souvenir.

Lo razonable, cuando uno cobra cierta altura sin que la naturaleza lo haya dotado de alas, es sentir vértigo. Yo no sentía nada. Nadie nos había seguido desde que dejamos el saloncito de prensa del Provincial, Gargano bailaría un rato con Cenicienta y yo disponía de ese tiempo libre en una ciudad radiante de turistas sin plata ni ambiciones. Pude haber ido también a la fiesta, pero compartí el criterio de mi aliado policial.

—Mejor que Victoria Zemeckis no te vea, ni que Dubatti te reconozca. Quiero a esos pájaros relajados, con la guardia baja y disfrutando del mundanal ruido: mejor que crean que estás muerto —había dicho en camino al Costa Feliz.

—Pero Araca te va a ver a vos y se va a preguntar: «¿Qué hace Tirofijo Gargano, amigo del pelotudo que ahogamos anoche, husmeando en nuestra fiesta?»

—Sabia conjetura, aunque insuficiente. Todo ex convicto sabe que tendrá por el resto de su vida a un policía oliéndole el culo, somos sus sombras, la encarnación de sus podridas conciencias, y saben que si se portan mal podemos reventarlos sin problemas judiciales que nos arruinen el retiro. La Zemeckis no va a inquietarse por mi presencia en la fiesta. A lo mejor, si el alcohol es bueno, hasta la convenzo de que me haga una paja en el baño.

Frente al Casino estaba cortado el tránsito. Escapé como pude del embotellamiento, tomé una calle lateral de contramano, estacioné el auto y volví al centro caminando. Actuaba Megainfierno, recital al aire libre y gratis, los rockeros se mezclaban con padres de familia en vacaciones que les mostraban a sus chicos muertos de sueño en qué habían degenerado los herederos de Charly, del flaco Spinetta o del pelado Nebia. Vendedores de panchos, lindas chicas mal vestidas y tatuadas hasta en los párpados, pibes de entre quince y diecisiete, vestidos como reos durante los gobiernos de Justo o de Alvear, realidad de campo de concentración a todo volumen en noche de visita de misioneros de la Cruz Roja, luces derramadas por unos pesados armatostes instalados en las terrazas y los techos, y que herían a zarpazos de láser la noche sin luna, calurosa, con mucha cerveza, cartones de vino común y porros humeando como los escombros de Hiroshima, centenares de polis acordonando la zona y con los que el gobierno de la provincia suponía poder controlar a los loquitos, «que la juventud sepa que Mar del Plata no es una ciudad de viejos», había dicho el secretario de turismo de la intendencia, «pero tampoco crean que esto es Woodstock», aclaró por las dudas el intendente, que posaba de socialista y al que no le gustaba nada que funcionarios rescatados del hambre por él mismo y ahora encandilados por la ambición política tomaran decisiones sin siquiera pasarle un memo, «nuestra ciudad sigue siendo un centro de vacaciones para la familia y no vamos a tolerar que ciertos hippies trasnochados que no despertaron todavía de la pesadilla de los setenta la transformen en un gran sauna con vista al mar», había declarado esa misma mañana a una efe eme local.

Me importaba y me sigue importando tres carajos a quién sirven los políticos cuando dicen que sirven al pueblo, con quién se acuestan cada noche para aparecer al otro día sonrientes y descansados, qué abortos pagan o qué hijos reconocen, la manipulación genética con tanto cobayo presidenciable me tuvo y me tiene sin cuidado, el patrón no cambia y eso es lo que cuenta, algunos de aquellos fantoches se habían fotografiado orgullosos junto al Chivo cuando el Chivo era famoso y ahora yo era el único que se acordaba de él.

Me metí en un bar, un reducto atestado de pacíficos drogones con la mirada perdida, que seguían por televisión el ritmo de los de Megainfierno aullando frente al Casino, mucha cerveza y humo, teenagers que mis ojos seniles de gato Fritz desnudaban sin que a ellas ni a nadie le importara mi inocua lascivia, «maten al maldito perro policía», arrancó la banda de Megainfierno y ése fue el momento, el perfecto rincón de la noche que yo había venido buscando para meter la mano en el bolso y abrir, a solas en mi espantosa lucidez, la agenda de Dubatti.

25

No era un diario personal, como la del Chivo. Nada de confesiones ni de anotaciones al margen: sólo nombres y números, direcciones y teléfonos de gente que no me decía nada, perfectos desconocidos, ni siquiera algún personaje que apareciese en los diarios o en la tele. La de Dubatti era la agenda de un pulcro ejecutivo.

La cerré, decepcionado, mientras a mi alrededor los ánimos se caldeaban.

«Maten al maldito perro policía —incitaba sobre el escenario al aire libre el cantor de Megainfierno—, destruyan su guarida —gritaba con voz de zorro que metió una pata en la trampera—: prendan ese porro/ ábranle la vida/ y métanle sin forro/ la leche por la herida/ ¿No ves que todo apesta?/ Te cambian figuritas/ te joden los de arriba/ ¿No ves que nadie duerme?/ ¿No ves que nadie grita ni hay cojones?/ No son lobos los que aúllan/ son soplones/ Se comen de a pedazos/ tu corazón inerme/ Pelean por el hueso/ de la melancolía/ Los pobres y los rusos/ los negros y los putos/ son todos subversivos/ Maten que los matan/ ponete bien al palo/ hacé lo que te hacen/ en las comisarías/ partile bien el culo/ al perro policía...»

Afuera y adentro, el delirio, la revolución francesa, la rusa y la cubana, mayo del sesenta y ocho en París y junio del sesenta y nueve en Córdoba batiéndose en ese pequeño mundo ingrávido donde todos bailaban en el vacío, fui el único que se quedó sentado, «animate, abuelo», me provocó una mocosa que, abusando del maquillaje, la minifalda y los tacones, no aparentaba más de catorce, «maten al maldito... maldito perrooo... maldito perro policiaaá...», insistía el líder de Megainfierno que unas horas antes había pedido aplausos por la protección de la Bonaerense, y los danzarines se subían a las mesas y corrían las sillas a patadas, y el dueño del bar con un treinta y ocho en la mano apuntaba por ahora al cielorraso, desorbitado, aunque sólo yo lo veía, cuestiones generacionales, los ancianos de más de cuarenta se vuelven invisibles. Se había acordado tarde de defender a tiros la propiedad privada, se subió al mostrador y chillaba como una rata en la bodega del *Titanic*. «¡Cuidado, man, que ese mono está del tomate!», se alarmó por fin un pibe a mi lado, pero el mono loco rata acorralada apuntaba ya a otro chico, el más alto, el palo mayor en la marea, que bailaba su vudú adolescente muy cerca de la puerta, solo, como todos en la multitud, los ojos cerrados, «pogo pogo», arengaron los de Megainfierno y me sentí un barrilete remontado a un cúmulus nimbus. Me puse de pie y traté de escurrirme en el mezquino espacio entre una columna y la pared, mis huesos de gliptodonte mal conservado no soportarían aquella presión, los pibes se empujaban y se entrechocaban como reses en un camión de hacienda a ciento veinte por un camino de tierra, sólo el monolocorratacorralada se mantenía estable sobre el mostrador con su treinta y ocho de poli apuntándole al flaco-

palomayor de los ojos cerrados, «porro y pogo, porro y pogo» era la consigna, porro y pogo, proletarios del mundo, los cabezas rapadas también bailaban entregados a la ceremonia del tercer milenio, «anotate, abuelo», insistió la misma mocosa menuda que no sólo resistía los embates de la masa sino que empujaba como topadora, «carpe diem, abuelo, carpe diem», gritaba aquella muestra gratis de lucifer. Con algún whisky encima me hubiera tentado, pero entonces sólo quise salir de allí, en cualquier momento el monoloco empezaría a los tiros y no quería figurar en los créditos de su espectáculo sicopático.

Arremetí como un búfalo pero los pibes se abrieron para dejarme pasar como promesantes que, camino a Luján, son visitados por el Papa, y me encontré, ya al aire libre, desconcertado por aquella actitud de respeto en medio del caos. ¿Tan viejo soy, tan diferente? Si hubiera tenido un espejo a mano me habría gustado echarme un vistazo para cerciorarme de que seguía siendo el mismo.

Afuera, la multitud era tan compacta como en el interior del bar. El viento, que empezó a soplar con fuerza desde el mar, barrió los últimos aullidos del hit de Megainfierno. Terminaron con su maldito tema y se produjo un breve, milagroso bache de silencio. ¿Por qué suceden esas cosas, por qué de pronto hasta los corazones se detienen como relojes apartados del tiempo y el mundo atraviesa tan campante la fina lámina entre una dimensión y otra?

Fugaz milagro. Vino la ovación y pasó desapercibido el estallido de la vidriera del bar, a mis espaldas. El monoloco debió apretar por fin su gatillo. ¿Quién habría caído? ¿El palo mayor, la piba que aparentaba catorce y decía carpe

diem, abuelo, animate? No quise ni enterarme. Empecé a repartir codazos, los pibes me miraban sin entender, algunos me putearon pero todavía el entusiasmo por el recital era más fuerte que la bronca y pronto estuve solo, caminando apurado por calles solitarias hacia el lugar donde había dejado el auto.

Apretaba la agenda de Dubatti contra el pecho, la había preservado de los empujones, pogo y porro, como si fuera mi propia treinta y ocho y estuviera listo para saltar sobre un mostrador y defenderme, yo también a tiros, de la juventud y la belleza.

26

Ya era hora de recoger a Gargano en el Costa Feliz, pero la pasma había acordonado toda la zona hasta diez cuadras alrededor del Casino. Retrocedí buscando una salida y me topé con carros de asalto, policías en motos y a caballo, vallas y coches cruzados. Por las calles corrían los pibes como los mozos y los turistas en Pamplona durante la fiesta de San Fermín, carros hidrantes en vez de toros iban tras ellos, banderilleros con casco y repartiendo palos: el maldito perro policía no sólo no había muerto sino que contraatacaba mordiendo culos y garrones, la multitud se desbandaba por calles sin salida y, para defenderse de las encerronas, levantaban baldosas de las veredas y se las tiraban a los cuerpos de élite que estaban allí para controlar a los loquitos.

«Mar del Plata no merece este deplorable final para una fiesta de la juventud —dijo por radio el secretario de Turismo que un rato antes negaba que aquélla fuera una ciudad de viejos—, no son jóvenes los que provocaron los disturbios, son inadaptados.» Me pregunté si en esta sociedad se puede ser pendejo y adaptado sin meter el corazón en un armario y echarle el cerrojo de media libra de diazepan y un litro de vodka, pero el burócrata estaba asustado porque veía peligrar su cargo. «La juventud es una caja de Pandora», proclamó un dirigente que se identificó como conservador y al que habían despertado por teléfono a medianoche para que opinara sobre aquella orgía filicida al aire libre, sin que el tipo —que, por la voz, no bajaba de los sesenta— tuviera la menor idea de quiénes eran los de Megainfierno y, con suerte, el último rock que habría escuchado sería *Al compás del reloj*, por Bill Halley y sus Cometas. «El rocanrol es hoy tan nefasto como lo fue el marxismo leninismo en la década del setenta», se le ocurrió sentenciar desde la probable palangana sobre la que estaría remojando sus hemorroides, y el locutor se quedó con esa frase para pedir opiniones a los oyentes.

Sucedió lo de siempre. Nadie se priva de opinar sobre todo en la Argentina. La población estable de insomnes salió al aire para hablar boludeces mientras los chicos y las chicas corrían por las calles bloqueadas hasta agotarse y dejarse caer en las veredas, esperando a la pasma para volver a escapar si podían, o resignarse a ser encerrados como vacas algo díscolas y asustadas por la proximidad del matadero. Trabé las puertas del auto, dispuesto a esperar a que terminase la recolección de rockeros y a que las fuerzas de élite se dignaran a dejarme pasar, de todos modos Gargano debía estar divirtiéndose entre ricos y famosos y no lamentaría mi demora.

Cerré los ojos y vi a la Pecosa flotando en una nube como un ángel porno, creí que me había quedado dormido pero los golpes en la ventanilla no fueron efectos especiales del subconsciente.

—¡Abrí, Mareco, que nos están cagando a palos!

Era ella, a cuatrocientos kilómetros del Tango Pub de la

calle Brasil. Se zambulló en el interior del auto, asustada, mojada, perfumada, dislocada.

—Mataron a un flaco, hay por lo menos cincuenta chabones en el hospital y centenares presos. Son unos hijos de puta, fachos, ese ese, nazis. ¿Pero qué hacés acá estacionado en un auto con radio? No me digas que vos...

Me llevó tiempo aceptar que aquella piba mojada asustada perfumada dislocada que parecía una estudiante de filosofía y letras fuera la prostituta que atendía, celular en mano, en un bar de Constitución. No pude ni tuve ganas de explicarle lo que hacía allí.

—Bajate y seguí corriendo, si no me tenés confianza. Estoy algo crecido para que la pasma me levante en la calle y me tire en un container lleno de melenudos.

Le causó gracia imaginarme como un bagre oscuro y pesado en medio de una captura de fresca y ágil merluza; me dio un beso de hija de quince a la que le permiten ir sola al baile y volver al otro día.

—Me vine a Mar del Plata porque soy fan de Megainfierno, no sabía que estabas acá.

Empezó a reírse a carcajadas en cuanto recuperó el aliento y se dio cuenta de que nos habíamos encontrado como si hubiera existido una cita previa, «¿qué carajo pretende el destino de nosotros?», me preguntó con un asombro que la ponía más linda, como un claroscuro en el que por sus ojos sin pintura se reflejaran las entrañas de otro planeta.

—Sos de otro mundo, Pecosa. No sé si antes te lo habían dicho.

Se apagó de un soplo, como si el alienígena hubiera sido

yo y ella recién se diera cuenta. Claro que no se lo habían dicho ni se lo dirían nunca.

—No te hagás el listo conmigo. Soy una puta. Con suerte, me salgo de esto antes de estropearme demasiado y pongo una boutique en Belgrano, un negocio de ropa para minas, eso me gusta. ¿Pero vos, de qué vas? Sos un jeta, así nunca vas a averiguar qué le pasó de verdad al Chivo.

—Creí que te gustaba el tango.

—Que lo cante no quiere decir que me guste. El tango me sangra, como la regla. Con el rock es distinto, pueden partirme la cabeza de un garrotazo esos nazis hijos de puta pero nadie me toca el culo, con el rock no soy puta, Mareco, no soy la Pecosa, soy una flaca de mi generación. Y ni sueñes con que estoy aquí sentada con vos esta noche para que me cojas, viejo choto, viejo verde, viejo perdido, qué diferencia entre vos y el Chivo, la puta madre, qué enorme diferencia con el Chivo, no puedo creer que alguna vez hayan sido amigos. Me bajo, chau.

No la retuve, ni lo intenté. Le abrí la puerta porque no acertaba con la manija. En ese momento estuvimos tan cerca que pude haberla abrazado. Bajó y se fue caminando por delante del auto, para que la viera, moviendo el culo. Lloraba, estoy seguro. No la vi llorar pero lloraba. Se dio vuelta dos o tres veces; ni siquiera amagué bajar, me quedé sentado con las manos sobre el volante, viéndola. Me miró por última vez para reírse y después abrir la boca como un pez en el agua y dibujar, nítida y redonda como un globo, la palabra pelotudo.

Al llegar a la esquina se le cruzó un patrullero. Bajó un poli y, en vez de decirle buenas noches, señorita, la agarró de los pelos y la metió en el auto mientras ella le gritaba hijo de puta, nazi, todo eso.

Arrancó despacio, el patrullero: iba cargado ya con otras dos minas en el asiento de atrás. Fue una de ellas, tal vez, la que aparecería a la mañana en Barranca de los Lobos, la cabeza rota contra las piedras. La encontró un turista madrugador pero el mar, piadoso, la recogió antes que los bomberos. Nadie informó sobre su identidad, nadie reclamó su cuerpo.

No era el de la Pecosa, hoy lo sé. Pero entonces, aquella mañana, no me preocupé por averiguarlo.

27

—Vos no estás hecho para lidiar con putas y rufianes, Mareco —me descalificó Gargano, en cuanto lo recogí en la puerta del Costa Feliz y le conté de mi encuentro con la novia asalariada del Chivo—. Además, te pedí que vinieras a la una y son casi las tres de la mañana, la fiesta en este cinco estrellas de cuarta fue una mascarada, no había un solo pez gordo en esa pecera, la reunión grosa debió hacerse en otro lado.

Sugerí que su estúpida conferencia de prensa podría haberlos puesto sobre aviso. Rápido de reflejos, me devolvió la estocada:

—O el robo incomprensible de una agenda que no le interesa a nadie, que un desconocido pelotudo se llevó de la pieza de Dubatti esta mañana.

—¿Cómo supiste de la agenda? —me alarmé.

—Porque la tenés tirada en el asiento de atrás, como a un cuaderno Avón de cuarto grado de la primaria —dijo mientras la abría y revisaba su contenido. Más que leerla, la olfateaba; yo conducía más atento al retrovisor que al parabrisas. Después de la batalla de Megainfierno, la ciudad me parecía demasiado solitaria.

—A éste lo conozco —Gargano señaló un nombre en la agenda—. Vamos a darnos una vuelta por su casa, a lo mejor está con insomnio y tiene la luz prendida.

Pregunté si no corríamos peligro y Gargano respondió que por supuesto, lo más probable era que nos llenaran de plomo y nos procesaran en latas de pescado. Encendió un cigarrillo y se dedicó a mirar por la ventanilla como un turista de obra social recién llegado.

—En aquella mole de piedra los herederos de Peralta Ramos se cargaron en una semana la fortuna del patriarca —dijo cuando, detrás de una curva, apareció el edificio del Casino—: la ruleta compite con las putas en meterle la mano en el bolsillo a los tontos.

—Se supone que volvíamos a Buenos Aires —le recordé.

—La casa del Franciscano nos queda de paso, dale, no le tengas miedo a la muerte, el infierno no existe y Dios tampoco.

Mateo Ramón Covarrubias, alias «el Franciscano» o «el loco de Asís», era un mafioso muy respetado en la costa. Según Gargano, había disfrutado de su mejor época entre la última y anárquica presidencia de Perón y el mandato desquiciado de Isabelita.

—Algunos dicen que era un protegido de la logia Pe Dos. Otros lo vinculan directamente al cartel de Cali. Lo cierto es que hay fotos del Franciscano con todo el mundo: jefes militares y políticos, Licio Gelli, Pablo Escobar.

—¿Por qué esa obsesión por posar al lado de las estrellas?

—Cholulaje. Si Dios existiera y vos tuvieras la oportunidad de fotografiarte con Él, no me digas que no lo harías, Mareco... Pero hablando de religión: ¡fijate qué bien luce el humilde convento del Franciscano!

La corazonada de Gargano había sido buena. Ante mis ojos maravillados se materializó, sobre una barranca desde la que seguramente se vería el mar, un palacio miliunanochesco del que habrían expulsado a Cenicienta por chiruza aunque el zapatito le hubiese calzado como un guante.

Hasta las rosas de los jardines brillaban como caireles. El palacio tenía una típica fachada de Partenón reciclado y manipulado genéticamente con algún *ranch* californiano. Desde la calle angosta y serpenteante por la que trepábamos parecía el *Titanic* en su noche de gala, minutos antes de estrellarse contra el témpano. Las calles laterales hervían de custodios, como fosos llenos de cocodrilos alrededor de un castillo medieval.

—No me digas que vamos a esa fiesta.

—¿Por qué no? Noche de reyes, Mareco: monarcas de Oriente colmados de regalos caen de visita en la nursery del Niño, y en lo único que pensás vos es en volverte a Buenos Aires a manejar tu tacho.

No sé por qué le hice caso. El esplendor de las luces en lo alto de la barranca, la fascinación eléctrica del poder. En vez de retomar y acelerar hacia la ruta, seguí las indicaciones policiales y desembocamos en el portón de entrada de la mansión.

La mirada de doberman a pan y agua, con la que el urso de guardia nos salió al encuentro, se acarameló como la de una parturienta a la que reúnen con su bebé, en cuanto reconoció a mi compañero de aventura.

—¡Gargano! ¿Vos también haciendo horas extras?

Aquello era la trastienda, la santabárbara del *Titanic* rebautizado *Argentina* que vuelve a navegar a toda máquina hacia sus paredes de hielo. En pequeñas mesas distribuidas por toda la planta baja se atiborraban botellas de surtido brebaje, en tanto unos mozos muy compuestos que, después lo supe, no pertenecían al gremio gastronómico sino al de actores aspirantes a la fama, recorrían los enormes ambientes atendiendo personalmente a los invitados, cuidando de que no les faltara nada, recitando fragmentos de Pirandello *(Enrique IV)* al áspero oído de los caballeros y depositando diálogos de Shakespeare *(Macbeth)* en los perfumados lóbulos de las damas.

—¡Gargano, qué suerte encontrarte, viejo mastín!

Habían vuelto a reconocerlo y se vio enredado en el abrazo de una vieja enjoyada, emocionada como si acabara de reencontrarse con un hijo perdido en la guerra. Mientras el viejo mastín intentaba librarse, seguí caminando entre ejemplares de razas y especies variadas.

—María del Carmen Gurruchaga de Campoamor —me informó Gargano apenas pudo dejar atrás a la efusiva anciana—: tiene una casa de alta costura en plena avenida Alvear. La metí presa hace dos años por consumidora. Salió libre al día siguiente, por supuesto, y para rehabilitarse viajó a Holanda, donde casi palma por sobredosis. Los gendarmes holandeses no la querían dejar salir porque estaba tan intoxicada que en cuanto se acercó al aeropuerto de Amsterdam, los perros entrenados en detectar droga se pusieron a ladrar como si hubieran olfateado al diablo. Tuvo que intervenir el consulado argentino para repatriarla y llegó a Ezeiza con cocaína hasta en las bragas. Un despojo humano.

—Parece recordarte con simpatía, sin embargo.

—Siempre amamos a nuestros verdugos, Mareco. Te lo dice un poli que le bajó la caña a unos cuantos, y después vienen al pie con flores y bombones.

Por el amasijo étnico, la residencia del Franciscano parecía esa madrugada la sede de Naciones Unidas, faltaban las banderas en la fachada y alguien sobrio adentro. Gente de toda edad y pelaje, y más idiomas de los que pueden escucharse recorriendo frecuencias de onda corta. También, caras conocidas, estrellitas fugaces de la tele, políticos de izquierda, de centro y de derecha, un par de filósofos mediáticos y hasta un cocinero exitoso con programa propio a las nueve de la noche. Pese a tanto despliegue sobre las mesas, no era alcohol lo que dilataba la mayor parte de las pupilas.

—Cuidado con lo que chupás, fumás y aspirás —me advirtió Gargano, paternal—, voy a darme una vuelta por el piso de arriba; si no bajo en diez minutos, rajá y pedí refuerzos.

—¿Refuerzos a quién?

Gargano ignoró mi pregunta y desapareció entre la multitud. La dotación completa de la policía de Mar del Plata y media Federal andaban olfateando por los jardines. ¿Qué iba a denunciar, que los malos no estaban afuera sino adentro?

Carpe diem, me dije. Por eso el Chivo no había vuelto al barrio ni se había hecho una miserable escapada a Chascomús para ver a los hijos. Lo imaginé empapado de vodka con gin, narrando a media lengua sus hazañas como primera línea en Italia, asomado al balcón de unas buenas tetas, al palo con sus viejas glorias y olvidado de haberle pegado un par de leches a Charo cuando Charo le rogaba que se quedara en casa, que los chicos, que el ejemplo, que los aduladores y la noche te llevan de cabeza al matadero, pedazo de cretino.

Algo de eso había sucedido. Mucho, tal vez. Pero estaba seguro de que no era todo. Suena grosero que alguien salte del avión sin paracaídas. Tiene que estar muy drogado y loco para mirarse así al espejo y abrazarse en busca de un cuerpo tibio, sabiendo que la figura que abraza no es más que un mamarracho de polvo y telarañas.

Me serví un whisky sin hielo y me dediqué a observar a un travesti que, bajo la arcada que dividía dos de los salones, besaba en la boca a un coronel de ejército de impecable uniforme. En el otro salón la gente bailaba lento y el ambiente era casi familiar, como en un cabaret de la década del cincuenta. A bordo de una tarima que servía de escenario, una banda de media docena de músicos, con un negro que no era negro y cantaba en un inglés aprendido por fonética *Go ahead to hell by Alabama streets*. Pensé que por algún lado debía estar el director de la puesta, controlando frente a media docena de monitores que todo saliera de acuerdo al guión: una modesta Dolce Vita dirigida por un Fellini tan falso como ese Al Jonson cuya cabeza de corcho quemado emergía apenas entre la viscosa marea de bailarines.

Ya casi se cumplían los diez minutos que Gargano había pedido de handicap cuando una corriente de aire helado acarició mi nuca como el filo de una delicada guillotina. No provenía de la puerta abierta de un refrigerador sino de un par de ojos.

Los de Araca.

28

Para festejar la noche de Reyes, las luces del convento del Franciscano se apagaron durante un instante. Al volver a encenderse, un coro de exclamaciones celebró la aparición, junto a una de las piletas de natación ubicadas en los jardines, de un par de camellos y tres Reyes Magos: Gaspar y Melchor, montados en la cumbre de las respectivas jorobas, y el negro Baltasar, a pie.

—Ni con todo el oro gastado en la fiesta se pudo conseguir un tercer camello —me explicó una señorita vestida de odalisca, aunque lo cierto es que hasta las tradiciones cristianas dan pie a los poderosos para expresar su racismo.

La odalisca —gentileza de la casa para los caballeros solitarios de la fiesta— me tomó suavemente de la mano y me condujo a la piscina, al pie de los desconcertados camellos, donde los invitados se habían dispuesto en filas semicirculares, como en un anfiteatro, y aguardaban disciplinadamente el reparto de regalos. Extasiado en la contemplación de mi odalisca, perdí de vista a Victoria «Araca» Zemeckis.

Descubrir, a los cincuenta y siete, que los Reyes no son los padres sino unos tipos llegados del sindicato de actores, reabrió en parte la herida por las ilusiones perdidas en mi infancia, cuando una noche sorprendí a mi viejo en calzoncillos, echando por la pileta del lavadero el agua que yo le había dejado en un balde a los camellos. Ni los patines que encontré a la mañana sobre mis zapatos restañaron el desencanto de haber descubierto al monarca sin linaje, el mismo rey sin magia ni trono que durante el año me pegaba cuando le llevaba un insuficiente en los boletines del colegio.

Cada invitado recibía una bolsita con un logo estampado del recién inaugurado Avenida Shopping, construido sobre las ruinas de un hospital y un asilo de ancianos municipal. En las bolsitas, las damas encontraban blusas y remeras, perfumes importados, bijuterí, polvos faciales, toda la artillería, y los caballeros su equivalente en remeras, colonias, corbatas de seda y hasta calcetines. Para ambos sexos o sexos en discordia, Gaspar, Melchor y Baltasar tenían reservados unos discretos estuches de finas lapiceras en cuyo interior no sólo había lapiceras sino además unos tubitos azules con sus respectivos logos y suficiente cantidad de sustancia como para darse varias vueltas en montaña rusa por los paraísos.

Mi odalisca asignada pidió con voz de encantadora de serpientes que me probara la corbata. Como no tenía camisa sino una remera, me la puse sobre el cuello desnudo y ella festejó con un beso y una caricia en el bajo vientre mi gracia de mono embriagado. Después me rogó que destapara un tubito y le armara un par de líneas, estaba ávida por llegar a su oasis de sensaciones y había descubierto en mí a su fiel dromedario. Nunca pude decirle que no a una mujer: armé cuatro líneas. Había visto hacerlo en el cine y me perfeccioné mirando por televisión las campañas contra la droga, con las que el gobierno enseña cómo darse vuelta sin desperdiciar un milésimo de gramo. Nos mandamos nuestras respectivas dosis y la odalisca empezó a manosearme la polla como quien revuelve el café para que se disuelva el azúcar. Mientras tanto Al Jonson se había lavado la cara y, con un sombrero de charro encajado hasta los ojos, daba gritos de mariachi en celo por las calles de Jalisco.

Supongo que a mi alrededor nadie se habrá privado del rato de esparcimiento incluido en los servicios con los que el Franciscano agasajaba a sus invitados, la noche de Reyes entró en un apogeo de fuegos de artificio explotando y abriéndose en jardines incandescentes contra el cielo oscuro; yo sólo veía a la odalisca y, en ella, a mis mujeres más deseadas, las que no pude conquistar o las que me abandonaron aprovechando el descuido de alguna promesa de amor, nada es eterno y la donna é mobile, si lo sabrá este corazón negro y amarillo que levanta amores pasajeros sabiendo que la felicidad va a bajarse en la próxima esquina, que el destino murmurado de apuro desde el asiento de atrás y al que uno cree conocer tanto como para llegar por el camino más corto se transforma, con demasiada frecuencia, en el lugar equivocado.

Mientras atravesaba entonces mi mar de erecciones y nostalgias, me olvidé del mundo y de Gargano. Casi no lo reconozco cuando volví a verlo al regreso de mi viaje, las manos atadas a la espalda, amordazado.

29

Después de guardarnos en el sótano se habían olvidado de nosotros. Durante horas estuvimos mirándonos a los ojos. Yo, grogui por la droga, y Gargano, por el cachiporrazo con que lo recibieron en la planta alta del convento. Debió transcurrir por lo menos la mitad del día hasta que sentí que volvía a tomar posesión de mis capacidades motrices; pese a estar amordazado y atado como un bebé meón, con mucho esfuerzo y paciencia pude acercarme a Gargano y aflojar sus ligaduras. Sentir sus manos libres lo ayudó a recuperar su autoestima: se frotó primero las muñecas y después todo el cuerpo entumecido, y me quitó de mala gana la mordaza.

—Debería dejarte aquí pero me da pena por las ratas, podrían intoxicarse si te pegan un mordisco —dijo mientras me desataba sin apuro—. Hay que ser pelotudo.

—¿Dónde está mi odalisca?

Emergimos del sótano a una casa que parecía la cárcel de Caseros después de un motín. Botellas, copas y gente tirada, y mucamas de uniforme pasando el lampaso por entre los cuerpos de los rezagados que todavía dormían sus monas, volcándolos a un lado y otro para que no quedara baldosa sin repasar. En los jardines, risas de chicos en las piletas y un par de buenas minas sin corpiños.

—¿Qué es esto, una colonia de nazis en vacaciones?

—Tuvimos una pesadilla, Mareco. Mejor olvidarla.

Salimos de la residencia del Franciscano sin que nadie nos preguntara quiénes éramos ni nos dijera vuelvan pronto.

No encontramos el auto. Gargano llamó a la agencia para denunciar el robo pero le dijeron que ellos mismos habían pasado a buscarlo esa mañana, advertidos por un señor muy educado que pagó todos los gastos con tarjeta Diners. ¿Qué señor? Pidió absoluta reserva sobre su identidad, le dijeron a Gargano que, celular en mano, parecía un campeón de boxeo en decadencia y contra las sogas en su último combate.

Decidimos, decidió Gargano, volver a Buenos Aires en tren.

—Por las dudas, la ruta se pone peligrosa en verano —dijo sin convencerme.

Durante el viaje se encerró en el coche bar y se tomó un whisky cada cincuenta kilómetros.

—La ley de las compensaciones, no probé un trago en toda la noche, no estuve de fiesta como vos —se justificó mientras me compadecía porque se me partía la cabeza y tomaba coca diet y aspirinas.

—¿Qué pasó en la planta alta? —le pregunté por vigésima vez cuando llegamos a Constitución, al pie del taxi que había llamado para él solo.

—Volvé a tu casa en colectivo, Mareco, necesito inmediatas vacaciones de tu cara.

—¿Qué viste allá arriba? —insistí.

Subió a su taxi y un pibe le cerró la puerta. Gargano le dio una moneda, diciéndole que se la gastara en pegamento.

Transpiraba y miraba el mundo por la ventanilla del auto con el desolado cansancio de un viejo perro san bernardo echado junto a la estufa.

—¿Qué vi? Una reunión de gabinete con todos los ministros, eso vi.

Subió la ventanilla y el auto arrancó despacio. «Borrate, Mareco», insistió todavía, lo leí en sus labios detrás del vidrio.

Volví a casa en colectivo.

30

Una de cal y otra de arena. Llamé a Gustavo, mi hijo mayor, y comimos juntos esa noche. Gustavo eligió un bonito restorán en las Barrancas de Belgrano y me contó que Matías, el fabricante de calzado, se separaba de la bruja para irse a vivir con él. Se lo veía feliz.

—¿Y los críos?

—Como en cualquier separación. Sufrirán, supongo.

—Pero no es «cualquier separación».

—Sos un dinosaurio, viejo. Un divorcio es siempre un divorcio, los pibes son las arterias y el paquete de nervios del brazo que te amputan. Pero todo a la larga cicatriza.

Alarmado tal vez por mi mirada, me explicó para evitarme un colapso andropáusico que los hijos del zapatero se quedarían con su madre, papá se separaba y se iba a vivir con un amigo, les dirían, sin mencionarles que el amigo soñaba con que algún día aquel par de huérfanos posmodernos le dijeran mamá.

—Pero hay que saber esperar. Aunque los prejuicios y los miedos estén en retirada, todavía presentan batallas —dijo, tan seguro como Fidel Castro después del asalto al

Moncada, de que el porvenir le daría la razón y la Historia lo absolvería.

Más que dinosaurio, soy un pterodáctilo. Me cuesta penetrar en el complejo follaje de las relaciones humanas. Veo la foto aérea, el paisaje desde arriba parece bonito, regular: el campo con sus potreros sembrados, las ciudades cuadriculadas, los ríos serpenteantes y las voluptuosas costas del mar. Pero ese perfecto mapamundi se me hace trizas cuando aterrizo y tengo ante mis narices relaciones como la de Gustavo.

Llamé a mi ex mujer para desahogarme pero en el pecado, la penitencia: la culpa era sólo mía.

—¡De qué culpa me hablás si se lo ve espléndido! Es arquitecto, le va bastante bien con su profesión y consiguió al hombre que lo quería. Ojalá yo, a su edad, hubiera encontrado una mujer que me quisiera y comprendiera como el zapatero a Gustavo.

Colgó pero volvió a llamar para que la escuchara llorar, quejarse de la vida que se le había arruinado por compartir conmigo los mejores años, «a lo mejor vos tenés la misma inclinación sexual de Gustavo y nunca te atreviste a ser maricón con todas las de la ley», dijo y colgó con furia sacrosanta. Le envié por Gustavo el dinero que me reclamaba y así pude comprarme una tregua. Gustavo dijo «lo que pasa es que la vieja está muy sola, tiene que lidiar con Huguito, que dejó el colegio y vive de noche, vuelve en pedo a las ocho de la mañana y duerme todo el día, tendrías que hablar con él, viejo, hacerte cargo, no sé, ponelo a manejar el taxi, que haga algo, ese atorrante».

Le hice caso a Gustavo, sólo para comprobar una vez más que el diálogo con adolescentes no es mi especialidad.

—¿Por qué dejaste el cole? —le pregunté cuando conseguí despertarlo a las siete de la tarde y que atendiera el teléfono.

—No me jodas, viejo, el colegio es una mierda, no te enseñan nada útil, los profesores son burros y autoritarios, hay celadores que se creen guardiacárceles, la profe de historia todavía niega que San Martín era un mercenario de los ingleses y que Belgrano conduciendo tropa perdió todas las causas que pudo ganar como abogado, te enseñan trigonometría como si fueras a cruzar el mundo en un barco a vela y no en la clase turista de un avión de nuestra aerolínea de bandera que se compraron los españoles para vendérsela ya fundida a los norteamericanos, te hacen cantar el himno y marcar el paso, mi clase está llena de fachos que sueñan con aniquilar a los judíos, en los baños fuman marihuana y se cogen a los maricones, y las tres cuartas partes de los alumnos quieren ser contadores públicos, licenciados en comercio exterior o administradores de empresas, ni un albañil, viejo, ni qué decir de alguno que quiera ser carpintero o poeta.

—Tenés razón —admití, tragando saliva—, nada cambió demasiado en cuarenta años.

—Nada va a cambiar nunca, viejo. Y ahora dejame dormir.

Volví a manejar el taxi con la misma furia homicida con la que sale a la calle un chivato que gana cuatrocientos mangos y sabe que el comisario levanta veinte mil por mes por no molestar a los traficantes, los quinieleros y los chulos de su jurisdicción. En esos días negros me complazco en apuntar la trompa del auto a los peatones que todavía creen tener derecho a cruzar por las sendas blancas y terminan corriendo, saltando y esquivando coches como soldados que van de una trinchera a otra bajo fuego enemigo. Me va por la sangre una mezcla de adrenalina y asco por la sociedad en la que vivo, un país de culpables que niegan todos los cargos, una republiqueta en la que todavía hay tipos capaces de afirmar muy campantes que no sabían que los militares con la cabeza lavada por los norteamericanos y pagados por los civiles ricos asesinaban a mansalva en la Argentina, como si una dictadura se conformara con pintar las estaciones y las locomotoras del ferrocarril, cambiar el sentido de circulación y el nombre de las calles o cerrar el Congreso para desinfectarlo. El mismo hijo de puta que manda cartas a los diarios diciendo que en Europa esto no pasa, se hacía el otario cuando veía a los camiones del ejército vomitar soldados sobre barrios indefensos y llevarse a estudiantes, delegados sindicales, curas rojos o algún militante revolucionario que se rajaba por las azoteas cagándose a tiros para caer acribillado debajo de un tanque de agua o desangrarse en algún gallinero.

Hizo bien el Chivo en no volver. La guita y el amor le llegaron a contramano y lejos de esta patria carnicera. Pero Victoria Zemeckis, antes Pinto Rivarola, le enseñó cómo puede uno mandarse al buche una granada y taparse los oídos para que la explosión no lo aturda. Al Rubio lo habían enterrado en La Tablada, claro que del lado de afuera del cementerio. Judío, veterano de Malvinas y suicida, con una madre adoptiva que lo obligó a cogérsela a quemarropa apenas él tuvo su primera erección, metido después en la guerra de un grupo de genocidas que se quedaron viendo el mundial de fútbol por la tele. Y poco tiempo antes, en Europa, la relación con el ídolo del rugby, la figura paterna que le hundió la pija hasta hacerlo llorar mientras Venecia como siempre reventaba de turistas y de olor a cloacas, la Piazza San Marcos y los soretes flotando en los canales como en pleno Riachuelo, Chivo loco, Chivo hijo de puta que saltaste desde allá arriba arrastrando a los que se atrevieron a quererte, como un gato que engancha el mantel en un banquete y arrastra la mesa repleta de vajilla, cristalería y manjares. ¿Por qué lo hiciste?, me pregunté esa tarde mientras manejaba por Buenos Aires llevando gente a ninguna parte y apurada por nada: por qué te cogiste al pibe, por qué actuaste como un poli cebado, como un nazi del montón que se prueba el brazalete con la esvástica y se cree el führer. ¿Por la guita? ¿La guita y el amor de una impostora te subieron a alguna clase de pedestal? ¿Te creíste Dios, negro de mierda?

Hablé con la Pecosa esa noche. Me atendió como a un cliente: prestación oral cincuenta pesos y setenta la completa en un turno de media hora. Cien la hora con todos los chiches menos suplemento anal que sale treinta.

—Decime que no eras vos la que encontré en Mar del Plata —le rogué.

La voz se le cortaba, no por la emoción sino porque hablaba por el celular y en ese momento iba en el tutú de un fulano que la llevaba a bailar.

—Tiene la fantasía de salir con Cenicienta y la verdad que el auto es una carroza de príncipe. ¿Qué querés, Mareco? Estoy laburando. Claro que no era yo, sabés que no me gusta el rock y mucho menos Mar del Plata. La que se te subió al auto debió ser mi melliza.

—Parecía un clon.

—Ponele «mi clon», entonces. ¿Y qué? ¿Las putas no tenemos derecho a tener una copia que vaya por ahí de señorita seria?

Después que el príncipe la llevó a palacio, bailó con ella hasta medianoche y le puso entre las piernas el zapatito, la Pecosa me llamó a casa. Eran las cuatro de la mañana pero yo estaba despierto mirando por tele codificada la versión porno de *Calígula* dirigida por Tinto Brass y tomando anís porque se me había acabado el Criadores.

—¿Qué buscás? —preguntó con voz de almeja, la espuma hasta el cuello en un purificador baño de inmersión mientras el camionero patagónico roncaba en su pieza.

—Estoy perdido en la niebla, necesito un gurú —dije.

Tosió suavemente bajo su espumoso mar privado.

—Rabindranath Gore Fernández —dijo—: ése es tu hombre.

31

Cuarenta minutos de tren hasta la estación Virreyes y caminar después apretando los dientes hacia la Panamericana, bajo faroles rotos a pedradas y entre miradas sin luz. Mucho mendigo, mucho pibe dado vuelta con pegamento, jugando al fútbol y agarrándose a trompadas, mucha mina de treinta que parece de cincuenta, mucho paragua y bolita, mucho chulo de putitas de trece o catorce años, desocupados alrededor de una cerveza en almacenes que parecen gallineros pero con precios de boutique del barrio norte: cuatro tablas, chapas, un cartel de Quilmes en la puerta y un sol de noche colgado sobre el mostrador, bebedores sentados a la vereda que es de barro viéndome pasar, aplastándose los mosquitos a cachetazos, mucha radio transmitiendo partidos y chamamés mientras allá afuera un patrullero blanco con los polis adentro y las luces apagadas, vigilando la reserva, el campo de concentración, cobrando peaje a caciques y mercaderes.

Rabindranath Gore Fernández, o el Rabi, atendía al fondo de la villa, cerca del descampado que antecede a la Panamericana ramal a Tigre, tierra de nadie, de desesperados que destrozan los parabrisas de los autos para desplumar como a gallinas a sus ocupantes cuando frenan para no estrellarse. Por allí da el Rabi sus consejos, orienta a los débiles y consuela a los perdedores. No fue fácil llegar a él porque tiene secretaria, una vieja apestosa y desdentada que dice protegerlo de los que vienen a hacerle perder el tiempo, de los que no creen o de los que de tanto en tanto lo meten preso por ejercicio ilegal de la medicina. Pero el Rabi sobrevive, se sobrepone, entra y sale, alguien paga a sus abogados, gente de dinero que ha encontrado gracias al Rabi su sentido de la vida, «ayudar al prójimo nos abre las puertas del cielo —me dijo la vieja a manera de anticipo de la entrevista que al final decidió autorizar—, pero muchos no lo entienden y siguen juntando oro, monedas acuñadas con el dolor de los necesitados, que los llevarán al más negro y profundo de los infiernos».

Me pregunté si habría caído en la cueva de una especie de gurú socialista, de guerrillero místico, a la manera de un Che Guevara manosanta del fin del milenio. La fiebre de la desorientación es cíclica, no pasa mucho tiempo sin que la gente encuentre líderes capaces de llevarlos cantando al matadero, flautistas de Hamelín que, mirándolos con amor y sabiduría, les prometen que cruzarán sin ahogarse los torrentes y que para salvarse no hay que aprender a nadar porque alcanza con cantar y obedecer.

Pero el Rabi no lucía como un jefe guerrillero. Esmirriado y amarillento, inmovilizado por las secuelas de una poliomielitis en un sillón que parecía de director de cine, atendía en un rancho tan precario como los del resto de la villa. Sólo lo distinguía el gentío que rondaba como moscas hasta que uno a uno eran llamados por los números que, sin correlación alguna, como los de una lotería, distribuía la vieja.

—Me acuerdo bien de Robirosa —dijo el Rabi, después de cuatro horas de espera que soporté jugando al chinchón con un grupo de albañiles sin trabajo—. Ya mayor, el hombre. Llegó aquí con una mocosa que parecía prostituta.

—Pecosa.

—No recuerdo que tuviera pecas —me corrigió y pareció arrepentirse de haberme recibido—; no doy informes personales, soplar a la policía destruiría mi karma.

Le aclaré que no era poli y me desnudó con la mirada hasta hacerme temblar.

—Usted debe cuidarse —dijo—, hay gente que empieza a sentirse muy molesta por su sola presencia en este mundo.

Le pregunté entonces si me estaba amenazando por cuenta propia o de terceros, o si lo suyo era una percepción, la sintonía fina con el otro lado que le había dado su discreta fama en los arrabales. Llamó a gritos a su secretaria y dijo que la entrevista había terminado, pero antes de que la vieja convocara a un par de levantadores de camiones que actuaban como personal de seguridad del brujo suburbano, prometí lavarle los pies y besar sus anillos si me decía qué le había pasado al Chivo Robirosa.

—Fui su amigo —dije, buscando su compasión reciclada, el lado tierno, la solidaridad, como quien cirujea en busca de un simulacro de comida o un despojo de abrigo. Chasqueó sus dedos y la secretaria vieja se esfumó como en un pase de magia de Fumanchú.

—Empiezo a ver que a su modo usted lo quería —admitió aliviado, y de pronto aquel rancho miserable se llenó con la paz de un monasterio.

Descifrando sus susurros me enteré de que el Chivo y yo teníamos un aura muy parecida, algo como una placenta en común que, en la percepción del gurú, con sólo pisar ese sitio nos había convertido en recién nacidos, en aterradas criaturas a las que había que hacer llorar para que no murieran de asfixia.

—Vino a verme por unos fuertes dolores en la zona lumbar. Le impuse mis manos y pareció aliviarse, pero volvió azotado por la angustia, tenía la espalda llagada como la de un esclavo sometido al castigo de cien latigazos. «No quiero morir —decía—, a lo mejor porque no hice todavía suficiente daño en este mundo», aferrado al salvavidas de un grosero cinismo: esa mocosa que parece prostituta lo acariciaba como a un viejo perro al que se lleva al veterinario para que se encargue de darle una muerte digna.

—Pero no fue digna —lo interrumpí.

—Contra eso luchamos —dijo el Rabi—: la tentación de emboscar al mensajero que cabalga con los despachos y los sellos siempre es grande entre los renegados de Dios.

—¿Por qué lo mataron? ¿Quién?

—Son preguntas para la policía, no para mí.

—¿Por qué se envileció de esa manera?

—No puedo decírselo, no lo sé —bufó cansado el gurú—. La tercera y última vez que anduvo por aquí, los dolores se le habían generalizado en todo el cuerpo, «como si alguien me golpeara mientras duermo y yo no pudiera despertar», me explicó. La imposición de manos fue entonces un recurso inútil, me sentí vacío y percibí a su alrededor el hedor de una ya intensa descomposición. Le pedí que me trajera algo, algún efecto personal y, si era posible, una imagen de aquél o aquellos que él sentía que podían dañarlo. Ya no volvió, pero un día llegó un sobre con su nombre como único remitente.

El Rabi materializó a la vieja secretaria —que no había desaparecido, navegaba entre las sombras, vigilándome— y le ordenó que le trajera ese sobre. Cada consultante tenía allí su legajo y el Chivo no había sido la excepción; en vez de radiografías e informes sobre análisis, en unos polvorientos anaqueles construidos con madera de cajón de frutas el Rabi atesoraba mechones de pelo, pañuelos, llaveros, cartas y fotografías, clasificados y ordenados según el inescrutable arbitrio que usaba la vieja para repartir los números allá afuera.

El sobre enviado por el Chivo no había sido abierto.

—Cada veintinueve de febrero hago una hoguera con las pertenencias de todos los consultantes que no han venido a verme entre un año bisiesto y otro. Lo que me traen tiene una energía que se volvería en mi contra si no pudiera librarme oportunamente de ella. Usted llegó a tiempo.

Lo dijo porque estábamos recién en la primera quincena de enero, aunque me pidió que no abriera ese sobre en su presencia. Conmigo había hecho una excepción, se ocupó de aclarar, a lo mejor porque a su manera estaba tratando de que yo no cayera en una emboscada parecida.

—Váyase, desaparezca, viaje hasta olvidar de dónde viene —fue su consejo final.

—Al Chivo no le fue muy bien borrándose —recordé.

—Nadie escapa a su destino, pero podemos huir por un

tiempo de nuestra perversa idiosincrasia, borrar las huellas, cruzar los ríos y dinamitar los puentes detrás nuestro. Usted vino a verme con preguntas cuyas respuestas ya conoce. Lo mismo que Robirosa. Llegan aquí tan inocentes, como si nada ni nadie los persiguiera, pero esto no es una cálida posada en medio de la estepa. Mire a su alrededor cuando salga, vea la gente que por aquí no más se enferma y muere sin que nadie los atienda, cuente a los cirróticos y a los drogones que arden por dentro de cara al sol y a las tormentas, a los chicos de seis años alucinados por el pegamento y las palizas de sus padres violadores. Lo que haya en ese sobre no va a revelarle seguramente nada que usted no sepa. Aunque se haya pasado la vida tratando de olvidarlo, usted y Robirosa vienen de la misma placenta metafísica. Si acepta esa realidad y huye ahora mismo, a lo mejor tiene una pequeña chance de no terminar retorciéndose con los mismos dolores que atormentaron a su amigo. Si no lo hace, si se empecina en quedarse y tratar de averiguar, va a pedir a gritos que alguien llegue a dibujarle un círculo rojo en el entrecejo.

Fue suficiente. Pagué mi consulta y me alejé de aquel brujo loco sin despedirme. Corrí por el villorrio como un soldado de las fuerzas aliadas por las playas de Normandía. En la estación Virreyes seguía vivo. Subí al tren y me senté en el último asiento del último vagón. Recién al llegar a San Isidro abrí el sobre. No tenía mis gafas, no pude ver con claridad los rostros, aunque ninguna lente de aumento iría a aportarme las definiciones que negaba mi conciencia.

Diez fotos, por lo menos, había en el sobre. Casi la misma toma en todas, como si el fotógrafo hubiera temido que algo fallara en su cámara: repitió obsesivamente el registro.

Cinco tipos, turbios, ahora en mi presbicia, y antes en la comedia que les había tocado representar. Los recorrí con los dedos como un lector de braille, buscando el relieve secreto que me anticipara el significado, los pegajosos hilos de la trama. Y por algún milagro —tal vez mi adrenalina— córneas y cristalinos acordaron abrir una claraboya de luz, de vergonzante videncia.

De los cinco, dos estaban vestidos de milicos. Relucientes uniformes blancos de gala, listos para una gran parada de fecha patria, caras de guerra ganada de antemano a un enemigo inerme, posición de firmes sobre la cubierta de un barco que nunca se hizo a la mar. Un tercero, de civil: pantalones y polera negra, gafas ahumadas, muecas de disgusto por las sucesivas tomas idénticas a que los obligaba el fotógrafo inexperto. Para el cuarto, pantaloncito y camiseta del equipo italiano que le dio la guita y la modesta gloria de ser noticia en *La Stampa* o el *Corriere dello Sport*. Y con su aspecto de rugbier sin barro ni transpiración en su uniforme de ídolo trasplantado, el cuarto abrazaba al quinto de las fotos, todas mal tomadas, todas con alguien o algo que se salía de foco, con alguna zona oscura, con algún gesto inoportuno de los retratados.

No había mechones ni pañuelos ni cartas en el amplio sobre marrón, ni anotaciones en los márgenes o al dorso de las fotos. El quinto, el abrazado, tenía un poco menos de panza y mucho pelo postizo cayéndole sobre los hombros desnudos de un vestido escotado, tetas también postizas que lucía con orgullo como un milico sus medallas mientras tiraba besos a cámara en algunas tomas o en otras hacía gestos obscenos.

Linda fiesta, pensé, ¿dónde habrá sido? Se veían tan jóvenes todos, tan a salvo. Al pie del sobre marrón, la fecha: veinticuatro de diciembre, escrita con tinta azul algo borrada, mil novecientos setenta y nueve.

Letra del Chivo escrita con prisas, antes de mandarle el sobre al gurú, presintiendo ya los pasos del que vendría a matarlo.

32

Viajé otra vez a Chascomús, necesitaba hablar con Charo. Si el Chivo había tenido tratos con los milicos, ella debió saberlo. En plena dictadura él vivía su racha de gloria en Italia, eran recién casados, tal vez la gallega empezara a sospechar o a temer que en algún momento se desprendería de su vida como un témpano del continente, pero todavía luchaba por él, le reclamaba esa felicidad que el Chivo irresponsablemente le había prometido.

En Chascomús encontré la casa habitada por extraños, la habían alquilado sin contrato apenas una semana atrás y la dueña prometió llamar a los inquilinos para darles su nueva dirección: se había ido a Buenos Aires, lo único que sabían, con sus dos hijos adolescentes; la abuela había muerto, creían; por eso tal vez la decisión fulminante, la necesidad de partir. Pobre gallega, pensé mientras volvía a la capital, quizás ahora puedas descansar, ver el pasado como un mal sueño que se desdibuja.

Ese descanso se volvió imposible para mí, convertido en una especie de cirujano que tiene que hacer algo con el cuerpo despanzurrado y palpitante bajo las miradas del anestesista y los asistentes: no puede el tipo encogerse de hombros, arrancarse el barbijo y decir «los engañé, no es una operación, es una autopsia, vamos a tomar algo que el fiambre no tiene apuro, pago la ronda». Lo que le pasó al Chivo había dejado de ser sólo un motivo de curiosidad personal y les importaba a varios: a mí, para enterarme de la verdad, y a otros, para taparla, coser el cuerpo y devolverlo al frigorífico del anonimato.

La Pecosa no sabía de las fotos. Sólo recordaba los nervios del Chivo el día en que fueron a ver al gurú para la última consulta.

—Nunca le di importancia a sus dolores —dijo—, es normal que a ustedes los viejos les duela todo. —Le mostré las fotos pero no reconoció a nadie—. Parecen disfrazados para un corso —comentó riéndose—, el maraca tiene una cara de degenerado que asusta, eso sí, y mirá que tengo experiencia en gente torcida. Pero no creo que el Chivo se lo culeara, a él le gustábamos adolescentes.

No le dije que el marica era ahora secretario privado de un gobernador, poco le hubiera importado y no se habría sorprendido.

—No creo que tu amigo la haya pasado tan mal. Fiestas, amistades, buen dinero mientras duró, y hacia el final, tal vez, más cansancio que arrepentimiento. Pero eso les pasa a muchos. Ahí fue donde lo agarraron mal parado.

La Pecosa estaba contenta porque iban a grabarle un compacto.

—Voy a ser la Tana Rinaldi del siglo veintiuno, Mareco. A lo mejor me reconcilio con el clon que encontraste en Mar del Plata y podemos ser una sola mina ganadora, chau a la calle y a los chulos.

—Siempre en tu vida va a haber un chulo, Pecosa.

La había descubierto un productor, «no sé si me tomó el pelo pero dice que trabaja de ejecutivo en una grabadora, a lo mejor es cierto», me contó en su departamento, mientras el camionero viajaba por la Patagonia.

—Nada de sexo. Amigos. Ahora soy otra— se había atajado cuando abrió la puerta y me ofreció pasar a tomar algo «pero sólo unos mates».

—Olvidate de los muertos —me rogó—, sos un tipo grande, acordate de los que están vivos y todavía te necesitan.

—Mis hijos se las arreglan sin mi ayuda para joderse —le expliqué—, mi ex mujer quiere que acepte que la culpa de su desdicha es sólo mía, y que le pase guita. A los muertos uno los moldea como quiere, la memoria es muy buena arcilla, pero los vivos están ahí para desmentirnos.

—El Chivo sabe hacerte quedar mal como si estuviera vivo —dijo la Pecosa y me pidió que me cuidara, después de devolverme las fotografías.

Terminamos enredados, a pesar de su advertencia. Como quien repone un cuadro en la pared de la que se acaba de caer llevándose un pedazo de revoque. Con golpes secos, casi sobre el vacío, en una mampostería que ya no podrá sostenerlo. Nos enredamos sabiendo que todo muy pronto e inevitablemente se vendría abajo y algo muy profundo quedaría al desnudo, mostrándonos el punto ciego del derrumbe.

—Viejo choto, viejo verde, viejo perdido y egoísta —dijo la Pecosa recuperando el discurso y el tono de su clon en Mar del Plata—, no quiero enamorarme de vos, no está en mis planes, no voy a dormir con un tipo que se saca la dentadura cada noche, que se levanta a cada rato a mear y se despierta temprano amenazado por sus recuerdos, no quiero a mi lado a un carcamal cuyo próximo viaje más probable es a la Chacarita. Andate de mi casa. Y rajá de la tuya, antes que vayan a buscarte.

Encontré mi departamento con la puerta abierta de par en par, los muebles volcados y los cajones dados vuelta, ropa, papeles, hasta la vajilla de la cocina, todo por el piso, todo lo habían revisado, la portera y los vecinos reunidos en el rellano y discutiendo todavía si habían sido policías o ladrones, turbia compasión pero también desconfianza en sus miradas, cuando un vecino discreto de pronto desata tempestades cae de inmediato bajo la lupa de los otros vecinos discretos, maneja un taxi pero qué hará realmente, en qué negocios anda, con quién se junta. Les di las gracias por el alboroto y les pedí que me dejaran solo, «llamé al comando pero no vino nadie», aclaró la portera para que no me olvidara de su arriesgada acción a la hora de la propina.

La máquina de intimidar y matar se había puesto en marcha, ya no se trataba de la orden de un funcionario de tercera, ahora estaban sobre mí y no podía sentarme a esperar una próxima visita. Buscaban algo, aunque la agenda de Dubatti se la habían llevado con el auto alquilado por Gargano.

Cerré el departamento y, con la misma valija y la misma ropa que había llevado a Mar del Plata, me alojé en un hotel del centro. Desde un teléfono público llamé a mi hijo Gustavo y le dije que, si no me comunicaba con él cada seis horas, denunciase mi desaparición en el juzgado de turno.

—¿Qué te pasa, viejo, en qué andás? —me preguntó alarmado.

—No puedo contarte ahora, pero guardame el secreto. Unos señores que cobran sus sueldos de empleados públicos quieren borrarme del padrón.

—Será para que no sigas votando a esos anticuados socialistas.

—No hables con nadie de esto, Gustavito. Ni con tu zapatero.

Desde el mismo teléfono público llamé inútilmente a Gargano. «Está de servicio —me dijeron—, déjenos un número y se pondrá en contacto.» Me negué a facilitarles tanto la tarea. El celular de Gargano estaba apagado, no tenía su teléfono particular y tampoco lo encontré en la guía. Llamé a los comunes compañeros del secundario que organizaban las comidas anuales. Tampoco tenían el número pero recordaban haber ido a buscarlo a un almacén antiguo en la Boca, «una especie de loft sin timbre ni portero eléctrico», me informó Navarro, supremo organizador de reuniones de ex alumnos: «parece un garaje, aunque el único auto guardado ahí es la catramina de Gargano; hay un entrepiso con una oficina, cocina y catre. Vive solo, claro, en semejante lugar».

Aunque Navarro no tenía la dirección exacta fue fácil encontrar el almacén. Los muros exteriores estaban descascarados, los vidrios rotos, «Aceites La Macarena», rezaba un viejo cartel sobre el portón. A dos cuadras de Brandsen y Necochea, zona de cantinas con clima de cotillón, visitada por provincianos y extranjeros sorprendidos en su buena fe, pleno barrio de la Boca que se sumerge en el Riachuelo en cuanto sopla viento del sudeste, ruinas colorinches de una Italia que ya no existe, escenografía de una Génova que apagó sus luces hace cincuenta años tras la partida del último barco cargado de inmigrantes.

Golpeando aquel portón me sentí como el señor K. llamando a las puertas de la Ley. «Hay que tener paciencia porque no es fácil encontrarlo —me había advertido Navarro—: duerme, come y caga en ese almacén, como una cucaracha, pero el resto del tiempo anda por ahí, cazando delincuentes.»

Esperé hasta las diez de la noche, sentado en mi taxi. De todos modos no tenía a dónde ir. No ganaría nada encerrándome en el hotel, dormiría con un ojo abierto escuchando las pisadas y sin una podrida escalera de incendio —no la hay en casi ningún edificio de Buenos Aires— para saltar por la ventana si iban a buscarme. El peón me esperaría un rato en la parada de avenida de Mayo y Piedras, y después se iría a dormir o de joda por esas calles, total la noche para él estaba pagada, y al otro día me diría como cada vez que lo planto: «¿qué tal, jefe, la nochecita?», no sé si con algo de sana envidia o sólo por tomarme el pelo, imaginando como todo cabrón de treinta años que después de los cincuenta no hay otra manera de dormirse que mirando la tele.

A las diez en punto bajé del auto y me reporté a Gustavo desde el teléfono público de la esquina. «Ahora no puedo atenderte, dejame tu mensaje y tu onda», respondió el contestador telefónico del desgraciado de mi hijo mayor. «Me llamo Mareco igual que vos, maraca —dije después de la señal—. Soy tu padre y estoy vivo todavía, piiíp. Ah, y con mi próstata a cuestas, sigo siendo activo. Piiíp.»

Nada pone a un padre tan tierno como saber que los hijos viven pendientes de uno. Empezaba a maldecir mi suerte, con ese malsano regodeo en las propias miserias que antecede a todo buen brote de masoquismo, cuando apareció Gargano.

No sabía de su pasión por los autos viejos. A tipos como él no los imagino apasionados ni por una bella mujer, mucho menos por un montón de chatarra de fines de la década del cincuenta como el Káiser Bergantín que estacionó de trompa frente al almacén.

—Noche de aparecidos —dijo cuando me vio—, ¿de dónde salís?

—No juego más, Gargano. ¿A quién hay que avisarle para que me borre?

—Te van a borrar pero si asomás la cabeza, tachero pelotudo. Entrá.

El lugar que había elegido para su vida de cucaracha era francamente siniestro, además de sucio y oscuro.

—Pero acá no pueden dármela tan fácil como en un departamento.

Tenía montado un sistema de trampas y de alarmas que había ido puliendo como un ebanista la madera.

—Nada electrónico, todo artesanal y a prueba de imprevistos, porque la tecnología será muy top, pero si te entran con un corte de luz te cagan a tiros y andá a cobrarle tu sepelio a la compañía de electricidad.

Maderas sueltas, puertas en falsa escuadra, latas de aceite colgadas como los tubos de un órgano de iglesia que producían un estrepitoso concierto con la primera corriente de aire, un perro lobo adiestrado y con cara de gurka vigilaba desde un rincón.

—La única comida que conoce es el desayuno. De noche y para que se mantenga alerta, ni un hueso —dijo Gargano mientras guiñaba un ojo a su mascota como a un compañero de patrulla—. Sos número puesto para tiro al blanco, Mareco —dijo en seguida sin más preámbulos, mirando la densa oscuridad que nos rodeaba—: pero vamos a mi cucha, tengo café y buenos licores, aunque parezca mentira.

Subimos a la oficina del entrepiso. Una luz tenue le daba cierta calidez y permitía controlar toda el área desde una posición que él creía privilegiada.

—Claro que si un día vienen a buscarme, no van a mandar a cualquiera. Un tipo como yo, que ha sobrevivido tantos años sin venderse en esa cueva de rufianes, merece por lo menos una fuerza swat para ser quitado del plantel, ¿no te parece?

Aclaró que no había sido él quien se negó a atenderme.

—Me filtran las llamadas. Nadie lo admite, pero sé que circula por ahí la directiva de aislarme. Mi conferencia de prensa en Mar del Plata no se publicó en ningún lado y sin embargo los servicios tienen la desgrabación completa, periodistas buchones.

No le sorprendieron demasiado las fotos donde se veía a Dubatti vestido de doncella.

—Estos pervertidos denigran al gremio de los putos, aunque francamente me desilusiona que un crack del rugby como el Chivo se prendiera en esa onda.

Algo, sin embargo, le decía que se trataba de una puesta en escena.

—Esos tipos jamás estuvieron en la pesada. Los habrían echado a los cocodrilos, como al resto.

Aparté el vaso de whisky que me había servido. Cuesta aceptar el cinismo con que hablan del pasado los que, como Gargano, sirvieron sin pestañear a los dictadores, nada más que por no bajarse del escalafón y perder la obra social y los beneficios jubilatorios. Ahora lo señalaban por un traspié, una conferencia de prensa a deshora ante un par de soplones cuyos verdaderos jefes no eran secretarios de redacción sino jerarcas de los servicios. Tal vez, haber ido a buscarlo no había sido la mejor de las ideas pero fue la única que se me ocurrió, no tenía otro contacto con el otro lado del espejo, él era mi cable pelado con un sistema de alta tensión que en ese momento pendía sobre mi cabeza con sus miles de kilovatios. Si el pasado pederasta de Dubatti no era importante, si su amistad profana con el Chivo era apenas un dato de la anécdota, ¿qué producía el cortocircuito? No fueron chorros comunes los que me habían dado vuelta el departamento porque la portera, que se queja de las mudanzas fuera de horario, les había abierto la puerta con repugnante amabilidad en plena madrugada. Tampoco el gabinete se reunía a deshoras en mansiones como la del Franciscano nada más que para elegir el menú.

—Dubatti es una sucia bestia que reacciona por instinto, se alimenta de la caca que dejan en sus nidos los grandes depredadores. Quiso limpiarte en Mar del Plata como quien aplasta un mosquito —dijo Gargano, echándole agua de la canilla al whisky y mientras cortaba rodajas de salame. En su depurado sistema metafórico, caranchos eran los jefes, y sus despachos, los nidos que todo pusilánime se esmera en sobrevolar—. Pero alguien por encima de esa maraca vieja le quitó su presa. No para matarte, si eso te tranquiliza. Por ahora, y si no me falla el olfato, sólo quieren hablar con vos.

—¿Hablar de qué? Si no sé nada.

—Ése es tu problema, Mareco. Como en el colegio. Que

te llamen a dar lección. Pero aquí nadie va a soplarte y si te ponen un uno, seguro que es de plomo y entre los ojos.

La risa de Gargano me cayó tan bien como a su perro lobo, que gruñó en la oscuridad.

—No te asustes. —Levantó su vaso y señaló vagamente hacia el rincón donde ayunaba el mastín—. Tiene pesadillas. No le doy de comer de noche para que no se duerma pero igual sueña despierto, el desgraciado. Sueña que me nombran comisario general, que me dan un despacho con aire acondicionado y lo dejo afuera.

—¿Eso harías con tu noble mascota?

—Jamás van a ascenderme, Mareco. Son sueños de perro, nada más.

TERCERA PARTE

Fábulas de Esopo

33

La Pecosa cantó esa madrugada mejor que la Tana Rinaldi en la década del ochenta. Probablemente el productor se la hubiera cogido gratis con la excusa de la fama y no apareciese más en su pobre vida, pero ella trinaba como si el pub de la calle Brasil fuera el Viejo Almacén y tuviera a Rivero de segunda voz.

Se alarmó al verme pero le dije que había venido nada más que a chuparme un scotch, el quinto de la noche si computaba los cuatro en el loft boquense de Gargano. La acaricié en un intervalo y siguió cantando como si yo no existiera, aunque antes ensayó una especie de disculpa por agarrárselas conmigo de vez en cuando.

—Te veo tan viejo, tan sin salida, que la furia me sube como un vómito.

—Es normal —la consolé—, la decadencia es un espejo fulero en el que nadie quiere mirarse.

—Pero me gustás —dijo, antes de zambullirse en el mundo de Celedonio Flores—: casi tanto como me gustaba el Chivo.

Sonó la primera nota de *Malevaje* y se perdió en ella misma. La ciencia progresa, es cierto, pero jamás podrá clonar a estos personajes —pensé, magro consuelo o reivindicación—. Supe que ya no iba a darme bola por el resto de la noche y apuré el scotch para irme. Tampoco sería jamás una Edith Piaf de fin del milenio en Buenos Aires, eso estaba claro, aunque cantara como un gorrión desvelado en los balcones de la noche. Me dio pena dejarla con ese público sin coraje para aplaudirla como se merecía, aunque entendí que retozaba en ellos como en charquitos de agua fresca, los necesitaba para mojar el pico y sacudirse con sus alas la mugre de cada noche.

Volví al auto y me quedé sentado un rato, con el motor en marcha. En cinco minutos llamaría otra vez a Gustavo para avisarle a su contestador automático, tan maricón como él, que estaba vivo. Me había negado a dormir en el piso del aborrecible refugio de Gargano, pese a su afectuosa invitación: un gruñido apenas inteligible que se le escapó antes de desmayarse con la botella en la mano y sin decir hasta mañana. El perro lobo me dejó salir a regañacolmillos, Gargano me había advertido que, si me iba, cerrara el portón de un solo golpe y todo su sistema de seguridad quedaría activado.

—Si cometés la equivocación de quedarte en Buenos Aires, esperame mañana a la tarde en el zoológico —dijo cuando todavía podía enhebrar sus pensamientos—, la última vez que estuve allí, fue para llevar a mi hija más chica: los leones y las cebras todavía eran municipales.

Pidió que no lo llamara al Departamento Central porque hasta las palomas del patio volaban con micrófonos y minicámaras de video.

—Pero mi consejo es que te vayas, Mareco. Yo soy poli y me las arreglo, pero vos estás demasiado expuesto.

A las cuatro en punto llamé a Gustavo. Esta vez atendió el teléfono, rabioso porque lo había despertado.

—Ya estás grande para perder la noche, viejo. Dejá de meterte donde nadie te llama ni te necesita y andá a dormir.

Prometí no joderlo más, aunque le aclaré que, con sus desencantados diecisiete años, Huguito era más responsable y solidario que él y seguramente me ayudaría.

—Pero no te preocupes si me matan, no cargues con la culpa.

—Por supuesto que no —dijo antes de cortar.

Tuve ganas de despertar a mi ex mujer y pasarle una factura de trasnoche por los hijos que había parido, no podía dormir y el mundo me daba la espalda. «Si me matan, que sea trabajando», me dije con tono heroico y empecé a dar vueltas con el taxi.

Pero hasta los asesinos duermen entre las cuatro y las seis de la mañana. Hay cambios de turno, se baldean las conciencias como las veredas y los bares, las ideas están puestas patas para arriba, escurriéndose, y el sol anda todavía en playa de maniobras. Buscando pasajeros en la ciudad desierta, me encontré estacionando en la terminal de ómnibus. En un rato empezarían a llegar los colectivos desde el interior, sólo había que quedarse a esperar el pique.

Apenas apagué el motor, un tipo de melena grasienta y bigote recortado eligió la puerta izquierda y no la de los pasajeros para acercarse al taxi.

—¿Por qué paraste aquí, te quedaste sin gasolina? La dotación está completa.

—Pero si no hay un solo auto —protesté.

Se agachó, como para atarse los cordones de los zapatos. Cuando el coche empezó a escorarse, me di cuenta de que me había desinflado el neumático de la rueda delantera izquierda.

—Cambiala, si tenés auxilio, y andá a buscar un taller. Y acordate de que hay mucho clavo por aquí, podés lastimarte si volvés.

Cada vez que le pregunto al peón cómo hace para trabajar de noche sin terminar en una comisaría o tirado en una zanja, me responde con una sonrisa irónica y dice que es cuestión de abrir bien los ojos porque de noche todos los gatos son pardos, pero no me revela el secreto para lidiar con los dueños de las paradas o no confundir a un pasajero vip con un sicópata. De hecho, el tipo sobrevive, aunque a veces la recaudación nocturna no compense el sueldo que le pago.

Recién a las seis y cuarto recogí a un fulano bien vestido y apurado por llegar al Aeroparque, que habló todo el tiempo por su celular con agentes de bolsa en distintas partes del mundo, yuppies insomnes a los que daba instrucciones en inglés, italiano, alemán y hasta japonés. Mi único diálogo con él consistió en preguntarle si le había costado mucho aprender japonés.

—Menos que aprender a comer arroz con palitos —dijo, mientras me pagaba el viaje y buscaba unas monedas para el abrepuertas en el fondo del bolsillo.

—Sólo tengo yens —le dijo al croto que tendía su mano mendicante, y a mí—: Quédese con el vuelto.

—Buen viaje —le agradecí.

—Me conformo con que la bolsa de Tokio no se caiga.

34

Mi cita en el zoológico resultó un fracaso. Las fieras privatizadas ya no rugen si no se les paga con galletitas de marca. Y Gargano no apareció. Para colmo debió haber alguna jaula mal cerrada porque, cuando salí, un par de gorilas empezó a seguirme.

Lejos de intentar disimular, los simios sonreían cuando me daba vuelta con la esperanza de haberlos perdido o de que la cosa no fuera conmigo. Me metí en el metro y ellos detrás, aunque subieron en otro vagón. En la estación Pueyrredón me largué del tren un segundo antes de que cerraran las puertas y vi pasar a los dos gorilas en el vagón de atrás, que sin dejar de sonreír señalaron algo a mis espaldas, junto al kiosco que revistas, y me dijeron chau con las manos. Antes de retribuirles el saludo, me di cuenta de que varios presuntos pasajeros en la plataforma no habían abordado el tren que acababa de irse y sospeché, sagaz, que tampoco estaban allí para esperar el próximo.

Salté a las vías para cruzar a la plataforma de enfrente pero también de ese lado había por lo menos media docena de pasajeros extraviados, deseosos de preguntarme dónde había que bajar para las combinaciones.

Decidí entonces que el lugar más seguro era el túnel, corrí a zancadas sobre los durmientes diciéndome que esas cosas me pasaban por boludo, por creer que se puede ser amigo de un policía nada más que porque alguna vez fue compañero de clase en la secundaria. Todo indicaba que Gargano me había tirado a los perros, aunque después me enteraría de que a menudo lo evidente tiende a confundirnos, pobre sabueso de otro tiempo.

Nadie me siguió por el túnel, son incómodas y peligrosas esas persecuciones, sobre todo a la hora de mayor tránsito de trenes: no hay que olvidar que en la Argentina los mercenarios son por lo general empleados con relación de dependencia y tienen sus convenios laborales que respetar. Mientras corría, iba eligiendo los lugares en los que debería refugiarme en cuanto escuchara venir un tren, los huecos en el muro que usan los inspectores de vías, pero cuando debía estar a mitad de trayecto entre Pueyrredón y Facultad de Medicina empecé a sospechar que no tendría necesidad de meterme en ningún agujero porque el movimiento de trenes parecía haberse interrumpido.

Esa creciente sospecha me paralizó en medio de los rieles como una liebre encandilada. Por la curva y para desmentirme apareció entonces un tren, aunque muy despacio, tocando bocina y con la cabina del conductor superpoblada y no exactamente por empleados de la empresa. Podía volver sobre mis pasos pero en Pueyrredón estaría aún el desairado comité de bienvenida. Me quedé esperando, el tren se detuvo y vinieron por mí.

Los pasajeros de verdad, que también los había, se asomaron por las ventanillas y mis captores les explicaron a gritos que había un suicida interrumpiendo el servicio. Quise gritar mi nombre y el teléfono de Gustavo para que por lo menos se enteraran de que me estaban secuestrando, pero me taparon la boca con un pedazo de estopa que me produjo un principio de asfixia, mientras me avisaban en voz baja que si no me portaba como un chico bueno me acostarían sobre los rieles y darían orden de reanudar el servicio.

Los pulcros pasajeros, que volvían a casa agotados de agachar las cabezas todo el día en sus oficinas, no se privaron de insultarme. Por mi culpa llegarían tarde a sus cálidos hogares y no podrían ver los noticiosos o el teleteatro de la noche. Métanlo preso y cóbrenle una multa, llegó a sugerir sin dar la cara uno de aquellos metódicos contribuyentes. Debo reconocer que a esa hora los trenes van llenos, los tipos viajan hacinados y sin ninguna esperanza de cambiar de vida, excepto embocar la remota alquimia de ligar el pozo de alguna lotería, zanahoria de plástico que los mantiene vivos y aportando religiosamente a los planes de pensiones. El sordo deleite de ver cómo conducen a un congénere al matadero no debería depender de una escena callejera librada al azar: tendría que estar consagrado explícitamente en el texto de la Constitución, para que nadie se prive de saber lo que le espera si desobedece las instrucciones que la señorita maestra nos marcó a fuego ya en la escuela primaria.

El segundo acto de la pesadilla se desarrolló también bajo tierra, en alguna catacumba a la que llegué desmayado por la asfixia y un par de patadas de elefante en el estómago, que recibí sin necesidad de pasar otra vez por el zoológico.

Una luz muy intensa sobre mi cabeza y tipos con gafas negras y mascarillas de cirugía: aquello no era un quirófano, aunque la posibilidad de que me despanzurraran sin anestesia tuviera serias chances de concretarse.

No me hicieron una sola pregunta, ni tuve la oportunidad de oír sus voces. Me habían sentado en una silla de respaldo recto y enervado por cables de cobre, versión criolla de la eléctrica que todavía usan en algunos estados de Norteamérica para ajusticiar a los asesinos que olvidaron graduarse antes en Harvard. Tenía las manos atadas por detrás del respaldo y un trapo a modo de mordaza sobre la boca abierta, como el frenillo de un caballo, que me impedía hablar sin cortarme del todo el aire.

Silencio de bóveda en aquella tumba sin nombre ni flores que, en algunos de sus socavones, Buenos Aires conserva como plazas secretas con sus altares rituales en los que, de tanto en tanto, un sacrificio mantiene encendida la llama votiva de la infamia.

Curiosidades del cerebro, computadora desquiciada que se resiste a ser integrada en la Internet: por los efectos de alguna droga o por la falta de oxígeno, me acordé de que ese mismo día el Papa llegaba por primera vez en visita oficial a Cuba para darle la comunión a Fidel. Esos dos viejos chotos debían estar saludándose como boxeadores demolidos después del combate más largo del siglo: creyéndose campeones seguramente morirían y yo, por no tener un televisor a mano, me estaba perdiendo los primeros planos de sus crapulentos rostros frente a frente y mirándose en el espejo de sus pecados mortales, sin confesión capaz de salvarlos de la hoguera.

Una puerta se abrió con violencia a un costado. La luz sobre mi cabeza se apagó y una silueta se recortó bajo el marco, agigantada por la fuerte iluminación del pasillo.

—Estás muerto, Mareco —dijo la silueta, imitando la voz de Dios.

35

Me interrogaron durante horas, aunque la longitud del interrogatorio no obedeció a la cantidad sino a los mil distintos modos de hacerme la misma pregunta: qué buscaba. No me electrocutaron porque, según dijeron, al ministerio le habían cortado la corriente trifásica por falta de pago, algo que jamás habría sucedido cuando la empresa de energía era pública, porque entonces el Estado era uno solo y el interés nacional primaba sobre el puro mercantilismo. En cuanto me quitaron la mordaza, les pregunté en qué ministerio estábamos y el que tenía voz de Dios me dijo que en el de idiotas, subsecretaría de boludos que todavía creen en la democracia.

—Ya no hay estabilidad en la función pública, todo es trabajo temporal —dijo Vox Dei—, a mí, por ejemplo, me tomaron full time para interrogarte pero tuve que firmar un contrato basura, sin cargas sociales y aportes en caja de autónomos a mi cargo. —Me dio una bofetada—. Por tu culpa pierdo guita. Me prometieron un buen premio y vacaciones si hablás rápido, así que inventate algo que los de arriba puedan creer porque no me quiero quedar sin esos beneficios.

Nueva hostia, mientras uno de los enmascarados cebaba mate y el otro leía la sexta de *La Razón*. Vox Dei estaba a cara limpia, el suyo era uno de esos rostros que pueden encontrarse por la calle como producidos en serie y exhibidos de oferta en las góndolas de los supermercados: cetrino, redondo, ojos achinados y bigotes finos que le chorreaban por las comisuras como manchas de tuco. Cuando no pegaba, fumaba, a pesar de que el médico le había prohibido el cigarrillo.

—Pero con este oficio de mierda no veo la luz del día y casi no tengo oportunidad de tratar con gente: hablo con los muertos, como un médium, muertos pelotudos que se hacen los mártires en vez de desembuchar lo que arriba quieren oír y así podemos irnos todos, nosotros a casa y los muertos a sus tumbas.

Cachetazo del revés. Tenía la boca llena de sangre, como en el dentista, y cada bife me enterraba un poco más en un pozo de semiinconsciencia. El enmascarado que leía el diario señaló algo con el dedo en una página y habló por primera vez.

—Che, acá dice que «el ministerio de Economía habilitó las partidas del presupuesto para el abastecimiento integral de energía a las reparticiones del Estado». Fijate si tenemos trifásica —le indicó al que cebaba mate.

—Me parece que sí —dijo el otro, con el termo todavía en una mano, después de abrir una caja empotrada en la pared.

—Dale carga —ordenó Vox Dei.

El del termo bajó una palanca. Un rayo me partió la espalda, puso mis testículos en una licuadora y pateó mis sesos como a una pelota de trapo. Volvieron a llenarme la boca con estopa para amortiguar mis gritos.

—«Si todos contribuyéramos a bajar un poco el nivel de contaminación sonora, podríamos vivir en una ciudad mejor» —dijo Vox Dei, repitiendo la apelación de una campaña publicitaria de la municipalidad porteña—. Dale carga.

Con la segunda aplicación pude ver desde el cielorraso a un pobre tipo idéntico a mí, atado a una silla eléctrica del Tercer Mundo, con lo que me aseguré la participación en el siguiente libro de Víctor Sueyro sobre vida después de la muerte, capítulo dedicado a testimonios sobre la transmigración de las almas.

Pero la ultratumba tiene también su burocracia y me debe haber faltado completar o sellar un formulario porque aparecí de regreso en el mundo de los vivos. Estropeado, debo reconocerlo. Tanto que cuando abrí los ojos estaba internado en terapia intensiva del hospital Fernández, medio en bolas sobre una camilla, canalizado por cuanto orificio podía permitir el ingreso de alguna sonda y con una sed de fedayin perdido en el desierto. Lo primero que vi fue la botella de suero colgada sobre mi cabeza, después un monitor transmitiendo en directo desde la bolsa de valores de mi cuerpo que amenazaba con cerrar en baja y hasta con un probable crack, y por último, antes de volver a perder el conocimiento, una ventanita en la que se recortaban los rostros de mis dos hijos. «Huguito, Gustavo», dije sin mover los labios.

Los despelotes en que se mete un padre para que los hijos le den bola, viejo choto, verde, perdido, que como tantos otros en el estribo de la vida se emocionan y saludan desplegando pañuelos a los que quedan en el andén. Como si fuera tan fácil. Acordarse del resto del mundo recién cuando el tren arranca y pretender entonces abrazar a quienes no están allí para despedirnos.

De que mi cerebro todavía funcionaba con pilas prestadas me alertó el siguiente sueño: vi al Papa y a Fidel en la Plaza de la Revolución, en La Habana. Se besaban en la boca. El pueblo estaba de rodillas y los gusanos abandonaban en masa sus capullos en Miami, transformados en mariposas rosadas con hoces y martillos decorándoles las alas.

36

No volvería a ver juntos a mis hijos en el hospital y me pregunto si no habrá sido una alucinación montada en el videoclip de mi secuestro. Sin embargo Huguito retomó el colegio, «no quiero terminar como el viejo, mejor estudio», dijo Gustavo que se justificó Huguito cuando le dio la noticia en el hospital.

Estuve tres días en terapia intensiva y una semana más en clínica general, donde me visitaba todas las mañanas un tipo con cara de loco para enterarse de por qué me había querido tirar bajo las ruedas del metro línea D. Insistí cada mañana en que lo mío no había sido intento de suicidio sino una flor de apretada, en la que no se habían ahorrado costos de producción y desmentía los esfuerzos por bajar el gasto público en que afirmaba estar comprometido el gobierno. Fue inútil. Aquel especialista en estados alterados de la mente no quería escuchar razones que no tuvieran que ver con sus preconceptos, el sueldo de estos tipos debe ser escaso, y las condiciones de trabajo, humillantes: lidiar con melancólicos y sicópatas para después volver a casa o irse a jugar al tenis no debe ser cosa que se arregle con trescientos mangos por mes, pero sus interrogatorios me parecieron una manera de preguntar por otros medios lo mismo que mis secuestradores: qué buscaba. A Vox Dei y sus arcángeles con mascarilla se les había ido una vez más la mano con la electricidad y ahora mandaban a un artesano, un tipo que reemplazaba los patadones de la trifásica por shocks químicos y groseras descalificaciones de mis intentos de alegar racionabilidad.

La descalificación de los débiles está en la base del éxito del sistema, me dije para consolarme, aunque lo decisivo para mi recuperación fue la visita de Pecosa.

—Me enteré de que estabas muerto y vine a traerte flores —me despertó una tarde, fuera del horario de visitas, y me explicó cómo me había encontrado—. La caba, que también hizo la calle, además de enseñarme los trucos del oficio prometió cuidarme sin cobrar un mango si me agarro una sífilis o el sida. Ella me avisó que estabas internado y me contó tu historia, pero yo no me trago que te hayas acostado a dormir la siesta sobre los rieles del metro.

—Sin embargo el siquiatra compró esa fábula y pretende escribir con ella el libro de mi vida.

—Los siquiatras son todos unos hijos de puta, son más nazis que la pasma. A las putas quieren convencernos de que el rufián reemplaza la figura del padre ausente y de que buscamos en las calles lo que otras buscan en la religión, la literatura, el tejido crochet o el estudio de los sueños.

Acomodó las flores, una docena de claveles mustios, sobre la mesa de noche junto a mi cama, y me dio la noticia.

—Firmé contrato. Me voy de gira.

—¿A cantar tangos?

—No, a ligarme campesinos. Hacés cada pregunta, Mareco, ¿qué remedios te están dando?

Con un beso me acomodó el corazón, que hasta ese momento había estado mustio como los claveles. Se había borrado las pecas, se sentó a mi lado y canturreó un popurrí de milongas de Manzi y tanguitos de Discepolín.

—Lindo repertorio —le dije—, ¿te vas a Europa?

—Puede ser, pero antes voy a pasar por Bragado, Chivilcoy, Nueve de Julio, Toay... toda la pampa húmeda y la seca.

—Vas a triunfar, piba —le dije, paternal—: el Chivo estaría orgulloso de vos.

—Si el Chivo viviera sería mi mánager y terminaría explotándome —dijo con una mueca de disgusto, que en seguida suavizó el recuerdo—. Pero es cierto, estaría chocho, él me dio manija para que cantara en ese tugurio de la calle Brasil, yo no quería saber nada con enfrentar al público, soy muy tímida.

Nos reímos y seguimos hablando del Chivo. Si la Pecosa llegaba a ser estrella como él, se cuidaría muy bien de las amistades, «la plata no trae amigos sino moscones, como el alumbrado público en los pueblos», dijo.

—Pero de vos me voy a acordar, Mareco, viejo choto. Te juro que voy a extrañar tus carnes abombadas y ese chamuyo con el que Azucena Maizani hubiera caído rendida a tus pies.

—¡No me digas que escuchás a la Maizani!

—¿Y de quién te creés que aprendí a cantar?

Volvimos a reír, la Pecosa empezó a cantar bajito y yo la acompañaba haciéndole la segunda voz. La caba, su amiga e instructora, no necesitó orden del juez para expulsarla de la sala.

—Chau, Mareco, no dejes que te maten —dijo la Pecosa antes de irse—. El Chivo fue un grande. Después de eso, ya no soportó mirarse en el espejo. Por eso se cruzó de brazos y esperó que lo fueran a buscar. Vos nunca fuiste nadie pero tenés dos hijos que todavía te bancan con su afecto.

—Uno es puto.

—¿Y qué? Por ahí te hace abuelo, te llena la casa de putitos. No te quejes, abrazalos mientras puedas, no des nunca cátedra, Mareco, y comprá mis compactos cuando sea famosa, ponelos a sonar en el taxi, dejame que con mi canto camine con vos por Buenos Aires, cuidate.

La caba se la llevó a la rastra, las vi irse como gatas por el pasillo de la sala de hombres, frotándose entre susurros que parecían ronroneos. Apagaron la luz pero me quedé toda la noche despierto, pensando en la odisea del Chivo, sus patéticos esfuerzos por encontrar a alguien que lo hiciera feliz. Pero la desolación y el abandono que había sembrado lo esperaron a la vuelta de la vida, como mascotas fieles que jamás pudo quitarse de encima.

Al otro día me dieron el alta, con una orden del siquiatra para que lo visitara una vez por semana en consultorios externos. La enfermera que me despidió esa mañana me pidió que no faltara, «hay grupos terapéuticos que coordina el doctor Velázquez —dijo, por el siquiatra empedernido—, es importante que se reúna con gente con su misma problemática». Pensé que sería interesante estar con otra media docena de tipos y minas que anduvieran tratando de averiguar por qué murió como murió el Chivo Robirosa, podríamos trabajar en equipo o por lo menos formar una especie de club de admiradores.

Huguito vino a buscarme al hospital, conduciendo mi taxi.

—Alegrate, viejo, tengo trabajo —dijo—, y vos sos mi patrón.

37

¿Pero qué buscaba?

Ni bajo tormento habían obtenido de mí una respuesta. Y tampoco creí entonces que el siquiatra del hospital ni su grupo de rayados terapéuticos fueran a darme una mano para encontrar la verdad. Ya no se estila, además, jugarse la vida por saber qué le pasó al otro. Todo el mundo se mira el ombligo, hasta el más piojoso cree ser el centro del universo, todo el día le dicen por la tele y la radio que el pobre tipo es importante y el pobre tipo se la cree. Aunque lo estén triturando, aunque estén haciendo harina con sus huesos y pan rallado con su conciencia.

El Chivo Robirosa no quería morir. A lo mejor se dejó estar y llegó al borde, pero cuando vio el abismo se le cruzó la tentación del arrepentimiento. Alguien, entonces, le pegó el empujón y se quedó viendo cómo trastabillaba y se iba al fondo.

«Los de arriba» no volvieron a molestarme. Vox Dei debió elevar su informe: es un capullo de cuarta, no sabe nada, insistir con Mareco es gasto público desperdiciado. Y los que en despachos alfombrados deciden sobre vida y muerte de los contribuyentes se quedaron tranquilos. Hay tanta cosa importante de qué ocuparse, tanto cargo y negocio para repartir.

Huguito consiguió ponerme los pelos de punta cuando dijo que a él no le molestaba la elección sexual de su hermano.

—Son fantasmas tuyos —me acusó—, los viejos cargan mucho lastre del pasado. Hay que soltarse, vivir la de uno y dejar vivir al otro. Además el zapatero es de Vélez, un tipo listo.

—¡Es capaz de habértelo presentado! —me escandalicé.

—Por supuesto, y fuimos los tres a la cancha el domingo pasado, a ver cómo San Lorenzo caía de rodillas tres a cero.

A lo mejor buscaba encontrarme con un Chivo sobreviviente de su propia muerte, decirle mirá lo que me pasa, no entiendo nada, che, qué desubicación vivir tanto. Contame vos, que anduviste por el mundo, de qué se trata. Dame el manual de instrucciones de este tiempo, cómo se usa y cómo se apaga para poder acostarme tranquilo, dormir en paz.

En mi contestador encontré por lo menos media docena de mensajes de Charo. «Quiero verte, Mareco, llamame.» En cada mensaje crecía la ansiedad de su voz, y en el último me rogaba llorando que la llamara urgente. Pero dejaba un teléfono en el que nadie respondió.

También Gargano había dejado su mensaje: «No vayas al zoo, Mareco; los leones están cebados», me había advertido media hora antes de nuestra cita. Si yo hubiera pasado primero por casa, en vez de ir directo a poner la cabeza en la boca del león. Lo llamé a su oficina y al celular pero nada, en el Departamento Central me dijeron lo de siempre, que estaba en comisión y no podían informarme, el celular estaba apagado.

Como a los escombros de un florero valioso que se tira al pasar junté el coraje que me quedaba, con la pretensión de volver a ser el de antes. Llamé a un abogado que encontré en las páginas amarillas de la guía telefónica y le dije que quería denunciar ante la justicia que mi internación en un hospital público por intento de suicidio había sido una farsa para tapar un secuestro ordenado por el Estado.

—El problema es que estamos en enero, hay fiesta en tribunales —se atajó el avenegra, que debía estar armando las valijas para volar ese fin de semana a Punta del Este—, un juzgado de turno tomaría su denuncia para encajonarla hasta febrero y en febrero iría a parar por sorteo a otro juzgado; recién entonces van a llamarlo a declarar y de ahí a que empiecen las actuaciones ya llegó el siglo veintiuno, pero no se desaliente, si quiere lo intentamos, confiar en la justicia es lo único que nos queda.

Le di las gracias por su mensaje de esperanza, colgué sin decirle siquiera cómo me llamo y fui a buscar a Gargano a su loft en el colorido barrio porteño de La Boca.

Golpeé al enorme portón pero nadie salió a abrirme, sólo respondió el perro desde adentro con unos aullidos lastimosos de mastín en apuros. Me conformé pensando que quizás su dueño volviera más tarde y me fui a caminar por la romántica ribera del Riachuelo. Me crucé con turistas yanquis, alemanes y los infaltables japoneses ametrallando el mundo con sus minoltas, todos fascinados con la decadencia de las barcazas, el aire húmedo y gris, el puente Avellaneda a punto de quebrarse sobre la cloaca a cielo abierto que parte en dos a la ciudad exhausta y contaminada, los mendigos y los pibes villeros que, en un inglés que ellos mismos se habían inventado, se ofrecían a mostrarles todo el barrio por cinco dólares, logrando que los gringos se rieran y les tiraran monedas.

Cuando volví al loft de Gargano ya era de noche y no me respondió ni el perro. No parecía haber manera de entrar en esa fortaleza y no lo habría intentado si el silencio del mastín no hubiera despertado mi curiosidad. En vez de complicarme tratando de entrar por el único ventanal a la vista, con el peligro de darme un porrazo, activar las alarmas y terminar preso o mordido por la mascota carnívora que despertaría de su siesta, llamé a las puertas de las casas vecinas. Después de dos negativas, en la tercera casa me atendió una abuela que parecía pintada por Quinquela.

—¿Usted se llama Mareco? El señor de al lado me deja siempre la llave y esta vez me dijo que se la prestara sólo a usted, si venía cuando él no estaba.

Me contó que lo había visto por última vez quince días atrás, por lo menos, muy bien no se acordaba.

—La cabeza ya no da, hijo, una se acuerda de lo que pasó hace mucho tiempo, todo lo que se quiere olvidar está ahí, fresquito, como si hubiera sucedido ayer. Pero de lo que realmente pasó ayer, nada.

Se quedó mirándome como avergonzada, después bajó la cabeza, se secó las manos en el delantal que llevaba abrochado sobre la falda negra del batón y me hizo pasar al zaguán de la vieja casa. Había una sala, a continuación del zaguán, y un patio cuadrado y amplio, con macetones de color ladrillo y plantas exuberantes.

—Perdone el desorden —se excusó buscando la desmentida y hasta el halago, porque todo lucía tan en su lugar y tan limpio—, no sé si gusta tomar algo.

Le dije que no, algo turbado; sólo quería tener alguna noticia de mi amigo, «hace mucho que no lo veo», le expliqué. Volvió a mirarme a los ojos y se animó a pedirme una identificación, aunque debió avergonzarla mi gesto de sorpresa.

—Lo que pasa es que anoche vino gente —confesó recién entonces con un suspiro, como descargándose de un peso sobre sus espaldas pequeñitas y frágiles—. Un matrimonio de apellido Fernández, que también dijeron ser amigos del señor. Les di las llaves porque me parecieron muy correctos, muy educados. Estuvieron un rato allá adentro, no sé qué hicieron, la verdad, ni me interesa, me devolvieron las llaves y me dijeron que ya no me preocupara por darle de comer al perro.

—¿Al perro...?

—Cuando el señor Daniel falta unos días, siempre me pide que le dé de comer a *Margaride*.

Pobre *Margaride*. Nombre de comisario para un sabueso que debió contemplar con más estupor que ferocidad al matrimonio Fernández revolviendo el loft como en una tienda de liquidación. La misma mirada canina, seguramente, que la de la anciana pintada por Quinquela cuando entró conmigo y empezó a toser por el olor a combustión y vio ese desastre, muebles tirados desde el entrepiso a la planta baja, papeles desparramados por el galpón, la heladera volcada y los alimentos saqueados como si hubiera sido invadido por un batallón de hambrientos, y en medio del galpón el Káiser Bergantín del Chivo que los Fernández dejaron con el motor en marcha, sin quedarse a ver cómo el perro soltaba, con la mirada melancólica de esperar al dueño, su último gruñido.

Llamé al comando radioeléctrico y recién a los quince minutos apareció despacio un patrullero. Los polis no podían creer que ahí viviera un comisario, consultaron por radio y les dijeron que ése no era el domicilio de Gargano.

—Sin embargo acá dormía últimamente —intenté explicarles—, y hace quince días que ni la señora ni yo tenemos noticias de él.

Claro que no iban a dar crédito a lo que les dijeran un suicida recién dado de alta y una jubilada. Siempre me pareció inútil hablar con la policía, no tienen cerebro sino archivos y miran a la gente por la calle como a reos en una rueda de reconocimiento. Me pidieron que me fuera a dormir, sin siquiera tomarme declaración. Gentiles pese a todo, invitaron a la anciana pintada por Quinquela a que volviera a su casa.

Les costó separarla del perro muerto. Sentada en el piso, acariciaba su cuerpo como a esos recuerdos que su memoria se empeñaba en mantener con vida, sólo para ella.

38

Desaparecidos Charo y Gargano, la única figurita que quedaba en circulación era yo. Me preocupó pensar que, de algún modo, había tenido suerte en que mi secuestro hubiera sido obra de empleados públicos y no de mano de obra privada. Todavía la ineficiencia y burocracia estatales le salvan el pellejo a más de uno, no por razones de respeto a los derechos humanos sino porque los distintos organismos del Estado actúan como borrachos meando en una esquina, cada uno descargando para su lado y sin importarles de dónde sopla el viento ni a dónde va a parar el chorro.

La muerte del Chivo adquiría así una dimensión trágica que no había imaginado cuando fui por primera vez al puterío de Constitución, en busca de alguna pista que me desvelara los orígenes de su borratina. Mi investigación amateur había desencadenado una sorda tormenta, un escándalo de penas y ocultamientos que no iría a salir nunca en las primeras planas de los diarios. Ahora tenía que llegar al fondo de aquel asunto, no ya por mí sino para que gente que, como Charo y Gargano, había aceptado su muerte como una consecuencia natural de sus chambonadas, no terminara pagando un pato que no había ordenado.

No me resultó sencillo conseguir la dirección desde la cual Charo había hecho sus llamadas de auxilio, esos datos no se le dan a cualquiera. Pero un amigo de Gustavo que trabajaba en la Telefónica me consiguió una sábana con todos los llamados recibidos y el domicilio del abonado original. No era Charo, porque seguramente ella habría alquilado de apuro ese departamento en Almagro, apenas murió la madre y decidió huir de Chascomús con los hijos.

El departamento, a dos cuadras de Medrano y Rivadavia, estaba cerrado. Los vecinos que aceptaron hablar conmigo dijeron que habían visto mudarse allí a una señora con sus hijos adolescentes, aunque lo único que recordaban de ellos era el volumen en que a toda hora atormentaban al consorcio con su equipo de música, capaz de hacer saltar los sismógrafos y de sacar de quicio a un sordo. Gracias a Dios, dijeron, hace un montón de días que no aparecen por acá, si usted es amigo o pariente, dígales que en este edificio somos toda gente de trabajo que se levanta temprano y necesita dormir.

No podía irme con las manos vacías, el tiempo apremiaba y la vida de Charo y hasta la de los pibes podía estar en peligro. Decidí invertir unos pesos en minar las doctrinarias defensas del portero. La generosa propina y el trato respetuoso de «señor encargado» vencieron sus resistencias iniciales y terminó contándome del matrimonio Fernández que se había presentado una noche, muy tarde, afirmando ser parientes de la inquilina y que ella había tenido un accidente en la ruta con el auto, «nada grave», le dijeron, «pero está internada y necesitamos llevarle algunos efectos personales, claro que la llave de su departamento se perdió en el accidente, el auto quedó hecho un desastre, usted no se imagina, parece mentira que se haya salvado». Además de opinar el señor encargado que el matrimonio en cuestión lucía legítimamente preocupado, no vacilaron en apostar fuerte a su bonhomía con un billete nuevo de cien que le cambió la cara como una operación de cirugía estética.

—Lástima que Charo no tuviera auto —le dije mientras subíamos en ascensor al décimo piso y de ahí, por una escalera oscura, hasta el décimo primero—. Ni siquiera sabía manejar.

Poco le importó al sujeto mi precisión, «pudo haber sido otro el que condujera», dijo con la soltura del que no admite que le cambien su versión de la historia porque de ella depende que su conciencia siga dormida. Empezó a transfigurarse en cuanto abrió la puerta del pequeño departamento en el piso once. El mismo desorden del galpón de Gargano en La Boca, el matrimonio Fernández dejaba su sello adonde fuera, habría que tenerlo en cuenta antes de invitarlos a cenar a casa. Aquí no había perros ni gatos, pero pagó la cuenta un canario, al que degollaron en su propia jaulita del lavadero con un cuchillo de cocina que dejaron sobre la mesada, ensangrentado. Una manera como cualquiera de decirle a Charo: «Vinimos a verte y no te encontramos, volveremos».

—Ritos satánicos —dijo, cuando vio al canario degollado, el imbécil que me había abierto la puerta y que en mi escala de valores volvió a ser el portero. Me preguntó si debería llamar a la policía y le respondí que hiciese lo que quisiera, era inútil buscar nada allí, dirían que se trataba de ladrones comunes, cerrarían y volverían a la comisaría antes de que se enfriara la pizza, ni siquiera habría una faja judicial sobre la puerta porque en enero la justicia está de vacaciones.

Un perro asfixiado, un canario degollado... los Fernández iban dejando sus autógrafos. Por las dudas, volví a llamar a Gargano a su trabajo pero en el Central no se salían de la fórmula. Busqué en la guía telefónica otros Garganos, a lo mejor tenía parientes que pudieran haberlo visto después que yo, pero había tantos homónimos que me desalentó la sola idea de llamar a uno por uno. Tampoco tenía idea de la vida familiar de Charo, aunque supuse que, muerta la madre, sólo le quedaban los hijos. Y no había amigos comunes a los cuales acudir.

Los minutos corrían como las fichas en el reloj del taxi que Hugo se había empecinado en conducir, para ganarse unos mangos cubriendo mi turno. Yo me había convertido en un pasajero sin destino cierto, resignado a pasearse por las calles de la ciudad infinita buscando rostros conocidos, señales de náufragos a los que nadie excepto yo daba por perdidos. Volver a mi departamento no parecía lo más inteligente, el matrimonio Fernández andaba suelto y en busca de su tercera mascota, y para colmo yo no podría conformarlos con esas ofrendas, no tengo animales que me esperen para mover la cola, ronronear o trinar cuando entro solo y cansado de dar vueltas a la calesita porteña.

Deduje que las visitas de la simpática pareja al loft de Gargano y al departamento de Charo habían sido modos de ir acercando el bochín para la carambola final, y que yo era entonces la tercera mascota, la que justificaba y cerraba el juego. Mi secuestro con apariencias de arresto y mi reaparición en un hospital público con patente de suicida recuperado, los habría alertado sobre la inconveniencia de ir directos al grano, por lo menos hasta que el grano hubiera sido examinado por los expertos del Ministerio del Interior y desechado por híbrido. Ahora, y con sólo dejar pasar unos días, yo estaría nuevamente a su entera disposición y podrían apretar la tecla delete con mi entera y magra biografía, se sabe que tarde o temprano los suicidas vuelven a las andadas.

Pero si la deliciosa pareja especializada en visitar casas de amigos ausentes no me encontraba pronto, quizás se tomaran revancha con Charo o con Gargano, o con ambos, si ya no lo habían hecho. Y eso, suponiendo que los pibes de Charo estuvieran a salvo, lo que tampoco me constaba. Tenía entonces que encontrar la manera de reunirme con los Fernández.

Y el modo más directo de lograrlo fue volver a mi departamento.

39

Era un 31 de enero, aniversario de casamiento de mis padres. Esto no parece agregar nada porque mis viejos ya no están para cuidar que el nene de cincuentisiete años no se meta en laberintos de los que después no puede salir. Pero cuando el tiempo apremia y las brújulas enloquecen porque nos internamos entre los campos magnéticos de la muerte, la infancia aparece como una isla brumosa y apacible en medio del mar negro, de la noche sin estrellas, de la tempestad que nos encierra en un círculo de baja presión como en una casa vacía donde nos van cerrando las puertas y tapiando las ventanas.

Pensé en ellos como en guardianes de un faro que todavía pudieran enviarme señales de afecto y protección desde la dichosa isla, entré en mi departamento esa noche y encendí la tele.

En un canal de cable por el que transmiten viejos programas de la televisión en blanco y negro, pasaban un teleteatro de éxito en la década del sesenta, *La familia Falcón*, una comedia moralizante al estilo yanqui pero con argentinos —Pedrito Quartucci, Elina Colomer y Roberto Escalada—, auspiciada por la misma marca y modelo del auto norteamericano que en la década siguiente usarían los chupadores de gente para llevarse a sus víctimas y despedazar sin misericordia a la familia unida, núcleo de nuestro ser nacional y del teleteatro en cuestión. «Juntitos, juntitos —decía la letra de la canción con que se abría y cerraba el programa—, unidos descubrieron lo hermoso que es vivir de una ilusión.» Ilusión rimaba con Falcón, que —sin acento— es el modelo del coche en el que pocos años después irían a llevarse «al hombre con su esposa, cuatro hijos y hasta un tío solterón». Bomborombón.

El tiempo pasa y el zorro pierde el pelo pero no las mañas, dicen en el campo. Los viejos viven de fantasmas, dice Huguito y le parece bárbaro que Gustavo se case con el zapatero porque es hincha de Vélez. Hoy el parque automotor se ha renovado y el fordfalcon es una pieza de museo, auto de pobres que pasean orondos a la patrona, la abuela, los ocho pibes y el perro, con el mismo desparpajo e inocencia que si salieran a dar la vuelta dominguera en una carroza fúnebre.

La noche iba a ser larga con tanta resaca. No es que me obsesione el pasado, habiendo tanta cosa linda en el presente, tanta flor y pajaritos revoloteando y amaneceres en el campo. Pero también el pasado anda dando vueltas por el aire, como las palomas del conventillo de Constitución espantadas por el tiro que acabó con el Chivo. Parece que nadie duerme tranquilo en la Argentina aunque todos digan yo no fui. La gente saca a pasear al perro sin darle tiempo a que encuentre un buen lugar para arquear el lomo, flexionar los cuartos traseros y cagar sin que lo apuren, soñando con los ojos abiertos en que la preciosa dálmata de la otra cuadra por fin le da bola. No, hay que volver rápido a casa, mirando atrás a cada paso, atentos a los ruidos y apartando, como a un chorro que viene a pegarnos un navajazo, al tipo que se acerca a pedir fuego o a preguntar dónde queda la calle Cochabamba.

Cambié de canal. Con los sesenta del cable y mis propias imágenes armé un zapping existencial, un videoclip con gente riendo, cogiendo y cayendo acribillada, con escenas de playa y explosiones con cuerpos despedazados y tipos muy circunspectos hablando del tiempo, la corriente del Niño, los fundamentalistas de Argelia degollando pobladores como gallinas, la crisis en los mercados asiáticos y los talibanes en Afganistán amenazando al camarógrafo de la CNN con sus fusiles franceses, americanos o rusos —a las armas argentinas ya nadie las quiere porque se disparan por la culata—. La noche se escurría como un vaso de whisky con hielo de la mano de un muerto.

Temí que no fueran a buscarme: ya habían ido antes, aunque no los mismos, claro, pero tal vez ahora se las arreglaran sin mí o habían perdido la curiosidad o esa compulsión por las visitas nocturnas que en todo el mundo tienen los fascistas. Afeitado y sin visitas me iba emborrachando, al otro día Huguito tenía exámenes y yo había quedado en cubrirle su turno sin descontarle un centavo, «no me hagas trampas, viejo, las leyes laborales protegen a los estudiantes: levantá pasajeros, no dejes de seña a la gente en las esquinas y tratalos bien, sonreíles por el espejito como si el mundo fuera todavía un lugar habitable», me había pedido el hijo adolescente que quince días antes salía de noche y dormía después jornada completa y horas extras.

Tapé la botella, apagué la tele y decidí que era hora de ir a la cama.

Pero al diablo no se lo convoca en vano, y cuando se lo llama, por lo general viene. Uno no puede hacer los conjuros, revolear los polvos, pronunciar las invocaciones y acostarse como si nada. Me acordé del Rabi, gurú a trasmano, viejo cabrón y embustero y encima sabio que me lo había advertido como si mi vida, de tanto mirar la tele, estuviera ya condensada en un video y él sólo la hubiera puesto a correr en la casetera.

Tocaron el timbre y casi en seguida golpearon a la puerta. Con alguna impaciencia pero con respeto, todavía.

—Ya voy —dije.

Pero no fui. Y empezaron a las patadas, «sabemos que estás ahí, Mareco, abrí, si no querés salir lastimado», dijo una voz de hombre, «no hay escaleras de incendio como en las películas», voz de mujer, «queremos charlar, tomar un trago». Les pedí que se fueran o llamaba a la policía y conseguí que el chiste les cambiara el humor: «este Pinocho», dijo el hombre. Cuando escuché que deslizaba una llave en la cerradura me prometí que a la portera, ese año, minga de propina. Una seca patada de karateca hizo volar limpio el pasador y en la puerta se recortó la silueta bifronte del matrimonio Fernández.

—¿Quién de los dos sabe karate? —pregunté.

—No es karate, es kung-fu —aclaró Araca, sin jactancia.

40

No eran marido y mujer en el sentido estricto, sino dos pájaros promiscuos que debieron encontrarse en pleno vuelo migratorio y decidieron volver juntos a los sórdidos nidos del sur.

Dubatti no se había olvidado de mí, a pesar de que nos habían presentado treinta años atrás.

—Muy amigote del Chivo —le dijo a Araca—. Por vocación y estructura genética, un boludo. Aunque peligroso, si sabe algo, como mono con revólver.

Pero el revólver lo tenía él. Y me ponía nervioso apuntándome.

—Estás igual —dije, para congraciarme.

—Vos no, vos estás arruinado, Mareco. Por eso no te reconocí en el Costa Feliz. Y ahora me entero de que, con cincuenta y siete pirulos, vivís de la renta de un departamento de dos ambientes y de la recaudación de un taxi modelo noventa. Qué fracaso.

—Y de mi jubilación.

Se rió con ganas, mientras Araca revisaba el departamento.

—Ya estuvieron antes aquí, me dejaron todo hecho un desastre, ¿qué quieren ahora?

—Nosotros somos de otra inmobiliaria —dijo Araca.

Abría los cajones y sacaba papeles para revolearlos con impaciencia.

—Me llevó dos días ordenar las boletas de los servicios y los comprobantes de pago de impuestos, ¿qué buscan?

Dubatti me empujó sobre el sillón en el que miro la tele o hago sentar a las visitas, y me puso el caño de su revólver en el entrecejo.

—No te hagas el gracioso, Rolandorrivas. Dame la agenda.

—No la tengo. Quedó en el auto que alquiló Gargano en Mar del Plata. Ustedes, o los de la otra inmobiliaria, se la llevaron con el coche.

Amartilló el revólver. Vi girar el tambor, allá en la punta de mi nariz, y sentí el olor del aceite con que estaba lubricado.

—Se me va a escapar un tiro en cualquier momento —dijo.

—Acá no hay nada —anunció Araca, agitada—, matalo y vámonos a tomar una cerveza, estoy sedienta.

—Pero es la verdad.

—No quiero la verdad, quiero la agenda.

—Pregúntenle a Gargano, la policía nunca miente.

—Gargano ya no está para confirmar tus dichos —anunció el asqueroso de Dubatti—. Además, no busco la agenda que te atreviste a robar de la habitación del hotel como un chorrito miserable.

—Queremos la otra —completó Araca.

Otra vez muerto. No tenía manera de aplacar a ese par de hienas cebadas. La agenda del Chivo, su diario loco personal, eso buscaban. Me sentí un imbécil por no haberme dado cuenta de que allí estaba la respuesta. Y esa agenda había vuelto a manos de la Pecosa, y la Pecosa andaba de gira por el interior de la provincia, cantando tangos.

—¿Qué hay en la agenda del Chivo que les interesa tanto?

—La quiero de recuerdo —dijo Araca.

—Tenés razón, Victoria, es tiempo de irnos a tomar una Quilmes bien helada.

Dubatti presionó mi frente con la punta del caño.

—¡Debajo de la heladera! —grité.

Las había dejado ahí después de fotocopiarlas, poner las originales en un sobre y enviarlo a lo de Gustavo. Debajo de la heladera, como un cebo para cucarachas. Araca preguntó qué es esto, después de desenchufar la heladera, rastrear en el piso con sus larguísimas uñas rojas de bruja, capturar el sobre y abrirlo.

—Puto de mierda, maraca, basura —estalló apretando los dientes mientras miraba las fotos del quinteto vicioso—, por eso el Chivo te despreciaba. Soplón manfloro, éstos son milicos de verdad, éstos no eran disfrazados.

Dubatti había palidecido y empezó a temblarle el pulso, el caño del revólver subía y bajaba sobre la línea de flotación de mi inquieta mirada.

—No es lo que pensás —dijo, previsible.

Creí que no sobreviviría a la disputa del matrimonio Fernández. Pero el timbre interrumpió la riña conyugal.

—Abro yo —dijo Araca—, no dejes de apuntarle.

Me pregunté quién llegaba tarde a la reunión de trasnoche. Ni Dubatti ni Araca se sobresaltaron, al contrario: Araca bajó porque la puerta del edificio estaba cerrada con llave, Dubatti encendió un cigarrillo y me lo pasó, tranquilo, como si ya no le importaran la agenda del Chivo ni las fotos en las que él posaba vestido de mujer. El ascensor bajó y subió, escuché la puerta y pasos de tacones altos por el pasillo.

Araca calzaba zapatillas, los tacos altos eran de Charo.

41

A los amigos no hay que pedirles cuenta de sus actos. Cuando se piantan de la vida antes que uno, es mejor conformarse con una sobria despedida al pie de la tumba y, si no es posible olvidarlos, recordar sólo que caminamos juntos por la vereda del sol. Después de todo, apenas si nos asomamos a la vida de los otros, nos damos cita con ellos en las esquinas del centro, las mejor iluminadas. Con instintiva sabiduría evitamos los arrabales y sus callejones.

Todo socio es además un asesino en potencia. Fatalmente, los intereses en conflicto empujan a la discusión, la disputa, primero en la trastienda y después en los tribunales. De ahí al tiro en la nuca sólo es cuestión de tiempo. Y si el matrimonio es una sociedad, nadie debería invocar a la Virgen purísima cuando a cada rato los diarios titulan con la última hazaña de algún uxoricida.

Charo entró pisando fuerte, como para demostrarme que le importaban tres carajos mi sorpresa y mi decepción.

—No debiste meterte en esto —dijo, apenas cerró la puerta—: danos esa agenda y aquí no ha pasado nada.

—Recibí tus mensajes —balbuceé—, parecías aterrada; en el último, llorabas.

—No la hagás difícil, Marequito. Vos no lo conociste tan bien al Chivo, no sabés la clase de hijo de puta que fue ese tipo.

Trató de explicarme Charo, la gallega, Rosario, que nadie es, ha sido, ni será lo que parece ser. Al verla con sus cómplices del hampa, no tuve más remedio que darle por lo menos el beneficio de la duda. Sólo que el Chivo no estaba ahí para que doblara la otra campana.

Nadie había querido lastimar a nadie, como de costumbre. A los dos años de estar en Italia, el rendimiento deportivo del Chivo empezó a decaer, demasiadas exigencias, campeonatos que se pierden y contratos que se rescinden anticipadamente, Charo reclamándole desde la Argentina que se acordara por lo menos de sus hijos, el Chivo luchando por otra oportunidad cuando los mismos que lo habían ido a buscar lo sentaban ahora en el banco de suplentes, como paso previo a ponerlo en la rampa del avión a Buenos Aires.

Victoria Zemeckis lo pescó en ese recodo turbulento de su vida, pero no habría sido casualidad el encuentro en Roma, el pescador deportivo no va con redes y dinamita.

—Necesitábamos a un argentino que viviera afuera, alguien con cierta notoriedad, insospechable, si era posible —explicó entonces Araca mientras Charo se servía un whisky de mi barcito—. El gobierno de aquella época se especializaba en fabricar héroes y el Chivo podría haber llegado a ser uno.

«Aquella época» era la dictadura de Videla and Company, no hizo falta que me lo aclararan. Eligieron al Chivo porque ya tenía una cuenta abierta en Suiza y nadie iba a enterarse de su movimiento, los relojeros eran todavía muy discretos y complacientes con los avaros del mundo.

—Estaba harta, Mareco —dijo Charo, haciendo tintinear los témpanos en su vaso de whisky que era mío—. Cuando el Chivo se fue a Europa ya habíamos acordado separarnos. Pero allá le fue bien al principio, ganó plata. Y no quise perderme ese tren. Nos reconciliamos cuando él volvió en su primera visita, quedé de nuevo embarazada y me pidió que fuera con él a vivir a Italia.

—Historia conocida —dije—, el Chivo soñaba con tenerte allá.

Charo pareció tocar un cable pelado, tomó un trago largo de whisky que mantuvo en la boca haciendo un buche, como si fuera a masticar el hielo.

—¡Porque le iba bien! Quería testigos de su éxito, que yo por fin reconociera todo lo que valía.

—No es malo que uno pretenda estar con los que quiere cuando las cosas cambian.

—Nunca me quiso —suspiró Charo.

—¿Falta mucho? Este melodrama me parte el corazón pero se hace tarde —interfirió Dubatti, que no había dejado de apuntarme.

—El manfloro tiene razón —dijo Araca—, son las doce y media, y nos esperan a la una.

42

Me hubiera gustado hablar a solas con Charo, mirarla a los ojos, tratar de entender. Invitarla por un rato a mi versión del pasado, el Chivo y ella felices y buscando ese lugar en el mundo que por lo visto después jamás encontrarían. Pero se hacía tarde para algo muy importante, y salimos hacia alguna clase de reunión.

Considerados, me permitieron cerrar mi departamento con llave, aunque ya medio Buenos Aires parecía tener una copia; fue un acto tan mecánico como rascarse la nariz o morderse las uñas, que me ayudó sin embargo a bajar el nivel de ansiedad.

No dijeron a dónde iríamos. Dubatti condujo en silencio; sentada a su lado y como un perro que despierta molesto con sus pulgas, Araca cada tanto gruñía: «maricón de mierda, vicioso», sin que al manfloro se le moviera ahora una pestaña. A mi lado, Charo miraba por la ventanilla como si no me conociera. Tenía las manos entrelazadas bajo un pañuelo de seda y aferraba como a un rosario un pequeño revólver plateado, con el que no me apuntó en ningún momento.

El viaje fue breve, y el destino, tan conocido como inexplicable en ese momento para mí: el loft de Gargano, en La Boca. No hizo falta bajarse ni llamar, el portón se abrió a nuestra llegada y entramos en el galpón con las luces apagadas. El portón volvió a cerrarse y se prendieron unas luces de baja intensidad. El Káiser Bergantín y el cadáver del perro habían sido retirados, el lugar se veía limpio y ordenado, las oficinas del entrepiso en las que comía, cagaba y dormía Gargano tenían sus luces encendidas aunque no se veía a nadie.

—Raro que no hayan llegado —dijo Araca.

Dubatti bajó del auto y fue al encuentro de dos tipos armados con itacas y apostados en la penumbra, junto al portón. Sostuvo con ellos un diálogo muy breve, novedades e instrucciones para que la reunión de negocios que estaba a punto de celebrarse allí no se les fuera de las manos.

—Mejor, vamos arriba —dijo cuando volvió al auto—, hay café caliente.

Imaginé que sería muy importante disponer de café caliente cuando empezara el jolgorio de balas rebotando en los travesaños del techo y en las paredes de chapa. Subimos por la estrecha escalera de metal, en fila india y callados como si todos tuviéramos una misión precisa que cumplir y no hiciera falta repasar las instrucciones. Arriba, todo estaba igual: la mesa, el catre y el pequeño aparador en el que Gargano guardaba la yerba y el whisky, y el televisor casi tan viejo como el Bergantín, un Noblex blanco y negro en el que salmos y policiales de trasnoche debían paladearse como un buen vino español en su odre. Creo que recién entonces, al ver ese santuario intacto, acepté que faltaba el ícono anfitrión.

—¿Dónde está Gargano?

Debí preguntarlo en sueco o en ruso, Dubatti se dejó caer en el catre mientras Araca servía el café y Charo se paseaba ensimismada.

—Vos no estás aquí para hacer preguntas —dijo Araca, recién después del primer sorbo de café.

Charo detuvo en ese instante su paseo de sonámbula y me echó una breve mirada que me hubiera gustado desentrañar. Pero Dubatti reclamó mi atención al volver a apuntarme a la cabeza.

—La policía está para cuidar y servir al orden establecido, no para cuestionarlo. Ese Gargano era un inadaptado, un croto con patente de cana, fíjense cómo vivía...

—Le siento mal olor a esta tardanza —dijo Araca mientras repartía los pocillos como un ama de casa hospitalaria.

—¡Ahí vienen! —gritó en ese instante uno de los tipos apostados en la penumbra, y empezó a abrir el portón.

Un Mercedes negro avanzó despacio hacia el interior, con las luces reglamentarias encendidas, y se detuvo detrás del auto de Dubatti. El chofer bajó, dio la vuelta al auto por su trompa y abrió la puerta trasera. Dos tipos muy elegantes aparecieron entonces en escena, rubios, altos y vestidos de primera. Uno de ellos llevaba un portafolios y el otro una ametralladora.

—¡Que sus gorilas despejen la salida! —le ordenó el del portafolios a Dubatti, que se había asomado a saludarlos. Dubatti hizo chasquear sus dedos y sus empleados obedecieron.

Las fuerzas respectivas tomaron posiciones a un lado y otro de la cancha. El Chivo hubiera dicho que el equipo visitante jugaba con ventaja: dominaban la salida y parecían mejor equipados para abrir el marcador. Pero a Dubatti y Araca no les preocupaba definir una estrategia sino cerrar cuanto antes el negocio que debieron acordar en Mar del Plata y hundir las manos en ese portafolios seguramente lleno de guita. Bajaron los dos, casi atropellándose, a recibir a las visitas, mientras Charo supuestamente les cubría las espaldas con su revólver de juguete, aunque para eso tuviera que descuidar mi vigilancia.

Me acerqué por detrás y la rodeé con mis brazos, sin presionarla. Ella tampoco se resistió, como si me hubiera estado esperando.

—No hagás huevadas, Mareco, esto va en serio.

—¿Quiénes son ésos? —murmuré.

—Compradores.

—¿Qué compran, si no hay merca?

—Mercadería virtual, vos no entendés nada, como siempre.

—¿Coca por Internet?

—Mejor acordate dónde está la agenda del Chivo. Cuando las visitas se vayan, esto va a ponerse pesado.

No supe si me estaba amenazando o pidiéndome auxilio. Pude haberla desarmado, pero ese revólver femenino debía tener la potencia de fuego de una polvera y no me habría servido de mucho frente a las itacas de la gente de Dubatti y la tartamuda de los compradores virtuales.

Ahí abajo pasaban mientras tanto del diálogo civilizado a la discusión subida de tono. Los compradores eran gente seria que exigía el respeto de ciertas cláusulas convenidas de palabra y ese par de pájaros parecía estar defraudándolos; el rubio golpeó la capota del Mercedes con el puño como si fuera un escritorio, estaba rabioso por la informalidad de la gente en este país, «argentinos cagadores», dijo con un notorio acento salsa, abrazado a su portafolios lleno de guita. Dubatti intentó calmarlo hablándole en voz baja, prometiéndole probablemente lo que no podría cumplir, total desde su balcón ideológico de argentino cagador los caribeños son gilipollas, los gallegos son brutos y los ingleses unos cobardes a los que de una vez por todas hay que sacarles las Malvinas de prepo.

Su fuerza de choque empezaba recién a levantar las itacas para hacer puntería cuando una ráfaga certera los acostó sin un quejido. Entre el tirador de saco y corbata y los morochos que ya no contarían el cuento había quedado Victoria Zemeckis, ex Pinto Rivarola. Como la ráfaga había sido disparada con silenciador, Araca no entendió lo que pasaba, por qué Dubatti había brincado como un gato escaldado y se escurría por entre unos tambores de combustible vacíos apilados en el fondo. Debió pensar por un instante que el manfloro había tenido un ataque de diarrea y corría al excusado agarrándose los pantalones, porque se dio vuelta y lo llamó con voz de pájaro nocturno, sin alcanzar a pronunciar el nombre completo, sólo «Dub...», y después cayó redonda agarrándose el vientre con ambas manos, como una embarazada a la que le baja la presión.

Charo tembló entre mis brazos. Como quien busca el paquete de cigarrillos o los gafas, el del portafolios había metido su mano en el saco y empuñaba ahora una pistola automática con la que roció de balas el entrepiso.

—¡Bajen con las manos sobre la cabeza! —gritó, sin tener por lo menos la delicadeza de preguntar antes si todavía estábamos vivos.

No teníamos a dónde ir y aquellos tipos estaban demasiado irritados como para contradecirlos. Bajé adelante, siempre caballero, aunque los caribeños no parecían ser de los que discriminan por sexo a la hora de apretar el gatillo.

—Esos dos iban a matarme —les dije, excluyendo a Charo del complot y con algún remordimiento por culpar a Araca que yacía con los ojos abiertos en un charco de sangre.

—Por algo sería —gruñó el de la metralleta, empujándome con la punta del caño hacia la pared. Lo mismo hicieron con Charo, que me miraba aterrada—. Vamos a fusilarlos si el señor Dubatti no aparece en cinco segundos.

—Ese argentino cagador nos ha hecho perder demasiado tiempo y dinero —dijo el del portafolios. —¡Te encontraremos de todos modos, así que evítanos tener que lastimar a estos infelices! —gritó a las vigas y a los tambores tras los cuales suponían que estaba escondido Dubatti.

—No creo que lo conmuevan, nuestras vidas valen tanto para él como para ustedes.

Cuando el del portafolios me puso el caño de su automática en la boca, me pareció tan fiero y agresivo que empecé a extrañar al manfloro.

—No estamos jugando, gardelito. Dile a tu amigo que salga o habrá lluvia de sesos por todo este galpón.

Aunque hubiera estado armado, Dubatti jamás habría tenido esa puntería. Por eso me extrañó que la cabeza del caribeño temblara, como sacudida por una maza invisible, y que el tipo me abrazara antes de desplomarse y arrastrarme en su caída. El de la metralleta empezó a los tiros como Stallone en la jungla californiana de Vietnam pero el tirador emboscado actuó como un vietcong auténtico, un solo disparo le bastó para clavarlo en el muro como a una mariposa en el álbum.

El chofer del Mercedes bajó con los brazos en alto. Charo se había desvanecido y se perdió aquel espectáculo de matiné del sábado. Dubatti, en cambio, salió de su escondite alborozado y corrió hacia el del portafolios, con el que todavía estábamos abrazados. Trastabilló al tropezar con el cadáver de Araca pero eso no le impidió chillar como un primate en ayunas al que le muestran un cacho de bananas, apartó de mí el cuerpo del caribeño, no por ayudarme sino por arrebatarle el portafolios que abrió de un tiro con la pistola del muerto. Ahí me di cuenta de que el caribeño había sido un tipo serio, un auténtico *businessman*, porque el portafolios estaba efectivamente lleno de dólares estadounidenses.

En cuanto intenté incorporarme, Dubatti me apuntó con la automática.

—Se acabó, Mareco, *game over*.

Como sostenido por arneses en una puesta teatral con efectos especiales, Gargano se descolgó de la ruinosa claraboya sobre la que se había emboscado. Dubatti estaba feliz.

—Con tu manera de hacer negocios vamos a salir todos en los diarios —le dijo Gargano—, mirá qué desparramo de fiambres. Además, dejaste que mataran a Victoria, que casi fue madre de un hijo mío.

Dubatti no sabía si Gargano hablaba en serio, y confieso que yo tampoco. Por las dudas, me quedé quieto al lado del caribeño con la cabeza perforada.

—Tenemos la guita, Gargano. A la mierda con todo.

La primera persona del plural no sonó convincente en los labios alguna vez pintados del manfloro, por eso Gargano no le dio la espalda ni soltó la treinta y ocho con la que había derribado a los compradores.

—*Game over*, Dubatti —lo parodió—, esa mosca no es tuya.

Gargano extendió su mano para quedarse con el portafolios. Dubatti empezó a tartamudear mientras tironeaba para que no le arrebataran el botín.

—Qué qué hacés, boboludo, esta momosca no es de nadie, alcacanza papara los dos, pedazo de pepelotudo.

Un seco tirón fue suficiente. Gargano se quedó con el portafolios y le estrelló en la cara la culata de la treinta y ocho, «ayyy, ay ay ay», gimió la señora Dubatti agarrándose la boca.

—El gobernador ya sabe quién sos. Lo supo siempre, bueno, pero ahora que hice una presentación oficial del caso ya no puede hacerse el tonto y llamó hace un rato a la prensa para anunciar que te relevaba del cargo, que traicionaste su confianza.

—No te creo, chivato —se ofuscó Dubatti, escupiendo sangre y un premolar.

—Te dejan caer, quevachaché, los mediocres como vos terminan fatalmente así. Lástima que el Chivo se la pierda, le hubiera gustado escupirte en la cara.

Gargano pasó a mi lado sin mirarme, como si el pistolero muerto y yo nos hubiéramos fundido en una sola persona, se agachó junto a Charo y acarició su rostro hasta que un quejido se acopló al sonido del llanto inconsolable de Dubatti.

La ayudó a sentarse y apoyó su espalda contra el muro donde un par de minutos antes habían querido fusilarnos, le despejó el óvalo del rostro todavía terso, le acomodó el pelo detrás de las orejas. El repulsivo aliento a tabaco y whisky barato de Gargano obligó a Charo a abrir los ojos. Sonrió, al verlo tan próximo, y su mirada me buscó.

43

No volvería a ver a Charo. Con el paso del tiempo hasta llegué a pensar que esa mujer enérgica y extraña no había sido ella sino su contrafigura, otra especie de clon como el de Pecosa en Mar del Plata, que salió de las sombras a dar su última pelea por el hombre a quien, pese a las traiciones, le debía los días felices, la plenitud allá lejos, como un sol que en su guarida roja sobre el horizonte se resiste al avance de la noche.

Pasado el tiroteo, llegó el circo de polis y periodistas, el loft de Gargano se convirtió, en minutos, en un estudio de televisión. Pero Gargano se escurrió antes con Charo para no hacer declaraciones, la conferencia de prensa en Mar del Plata le había servido de escarmiento. Estuvieron juntos no sé dónde, nunca pregunté, y tres horas después —ya amanecía— Gargano apareció en el bar del Once donde me había pedido que lo esperara.

—Me mudé al barrio que fue de los moishes y donde ahora reinan los coreanos —dijo al sentarse—. Sucio y caliente, como me gusta.

Traía una mueca de felicidad. O de turbia satisfacción, con los polis nunca se sabe si lo que los complace es sólo la desgracia ajena o son capaces de compartir una baldosa de sol en el patio de la cárcel con la gente que mandaron presa.

—Te dije que me esperaras porque creo que te debo algo. —Me encogí de hombros, aceptando sólo a medias que blanqueara la presunta deuda—. Pedile un café con leche con medialunas a ese oriental piojoso —dijo, señalando al coreano detrás del mostrador—, espero que no nos envenene.

—No creo, si no se entera de que sos poli.

—Dubatti no mató al Chivo —me reveló a quemarropa.

—¿Quién era el travesti, entonces?

—Dubatti. Ese manfloro siempre será un travesti, y un asesino también, probablemente, pero no en este caso. La muerte del Chivo no tuvo nada que ver con la de ese almacenero a domicilio que achuraron en Mataderos, Aristóteles Fabrizio. El Chivo no fue un simple cadete, aunque en los últimos años se hubiera reducido a esa tarea para bajar el perfil e intentar borrarse. Tenía una cuenta en Suiza de dos palos verdes. Vos sabés cómo son los relojeros, cuidan que nadie joda a sus ahorristas, guardan bajo siete llaves sus identidades. Pero aunque la cuenta estaba a nombre del Chivo, jamás tocó un mango.

—No entiendo.

—No era guita suya —explicó Gargano mientras mojaba la primera medialuna en el café con leche asiático—. Los milicos de la década del setenta guardaban en sus colchones de afuera los anillos de oro de la resaca subversiva —dijo con la boca llena y un profundo resentimiento de facho traicionado en sus ideales—. No me mirés así, sabés que me importan un coño de sirvienta los derechos humanos.

No lo contradije: interrumpir su discurso me habría alejado tal vez definitivamente del conocimiento de los hechos, y si me había metido en aquel baile de pistoleros era para saber qué pasó con mi amigo.

—Para no quemarse, algunos milicos se pusieron a la sombra de argentinos en el exterior presuntamente insospechables, gente limpia de contactos con la guerrilla, por supuesto, pero que tampoco fueran ladrones. No es fácil encontrar un compatriota que no sea ladrón. El Chivo reunía las condiciones: deportista, un rugbier cuya estrella declinaba sin escándalos, un negrito del interior reconocido en Europa aunque de relativa notoriedad en este país donde el único deporte que le importa a la gente es el fútbol.

—El encuentro con Victoria Zemeckis no fue casual.

—Con Pinto Rivarola —me corrigió—. Viuda de un coronel «caído en un enfrentamiento» porque no estuvo de acuerdo con amontonar zurdos en el Olimpo o la Esma para faenarlos. Dicen que el coronel Pinto Rivarola se le plantó a su jefe de comando y amenazó con declarar en el exterior lo que sabía «si no paraban la matanza». Apareció tirado en una zanja, junto a la banquina de la ruta nueve antigua, cerquita de Maschwitz.

—Nadie formulaba esa clase de amenazas y se iba después a casa a darse una ducha, me parece pelotudo —objeté.

—Ahí está el meollo —celebró Gargano mi perspicacia—, ésa fue la historia oficial, pero lo cierto es que Victoria enviudó por decisión propia. Harta del milico pundonoroso, que además era un quintacolumnista de los montos en el ejército, fue ella quien en realidad lo entregó, y recibió de premio lo que sería el germen de su floreciente negocio: proveedores de merca y zonas para trabajarla, contactos para venderla afuera, en fin, el kit completo.

—Nunca tuvo demasiados escrúpulos.

—¿Querés la verdad o querés una colección en fascículos de fábulas de Esopo con moralejas? —se crispó Gargano.

—Sólo la verdad —lo tranquilicé.

—Como tanta mujer de milico, Victoria soñaba con tener su boutique. Que fuera de ropa o cocaína le importó poco, sobre todo porque la instalación de los negocios y su abastecimiento corrían por cuenta de los proveedores, ella lucraba con el *merchandising*.

—Con el *franchising*, querrás decir.

—Eso, y la inmunidad para entrar y salir de la Argentina con lo que fuera y siempre por el salón vip, la marearon y le hicieron olvidar que el suyo era un poder prestado. Se lió con Dubatti, a quien antes que un hueso en el rugby ya le habían quebrado la conciencia en el momento del parto, y salieron de *business* por el viejo continente. Fue Dubatti quien le presentó al Chivo, que por esa época, al filo de su ocaso, odiaba todo lo argentino porque le recordaba su origen y el destino que lo esperaba a su vuelta con paciencia implacable. Veía entonces a Charo como a una chirucita de provincia que sólo quería cortarle las alas. La abandonó una noche por teléfono, desde Venecia. Seguro que, a su lado, la Zemeckis le pasaba letra.

—¿Qué le habían prometido?

—Un contrato fantasma. Le hicieron firmar un acuerdo con un equipo que nunca existió, pero el adelanto fue un camión de plata y el Chivo volvió a tocar el cielo con las manos. Largó a la gallega y se lió con la Zemeckis y compañía. Le inundaron de oro la cuenta en Zúrich. Al principio el Chivo se la creía, aunque entrara guita por nada, «adelantos», le decían, «es un equipo búlgaro, vos sabés que en Bulgaria son comunistas y estas cosas se arreglan por izquierda». Decenas de miles por no hacer ni un tacle. Pero pasó el encandilamiento y empezó a sospechar.

—Se dio cuenta de que lo estaban usando.

—Savia nutriente de todo sistema social organizado: que te usen como a un forro —dijo Gargano al concluir la tercera medialuna—. Una mañana cualquiera, como quien va a comprar el diario y cigarrillos al kiosco de la esquina, se tomó un avión a Zúrich. Supongo que le habrá costado hacerse entender porque si ahí el castellano es lengua de indígenas, imaginate el cordobés. Pero se las arregló para encontrar el banco y presentar su boletita de extracción. No le dieron un mango. Si bien la cuenta estaba a su nombre, necesitaba de otra firma para autorizar cualquier retiro. Para poner guita no había restricciones, pero para sacarla, y una mierda.

—Me imagino la bronca del Chivo.

—Debió quedarse arañando las paredes y los mostradores de mármol. Claro que era ignorante pero no boludo. Preguntó si podía transferir la cuenta a otra sucursal y le dijeron que sí. Firmó con los tipos un compromiso de información reservada, o algo por el estilo. Tampoco podría retirar un centavo sin la dichosa firma autorizante, de cuyo titular los relojeros se guardaron la identidad, pero ellos a su vez no podrían revelar el número clave de la transferencia ni aceptar retiros sin autorización del Chivo.

—¿Cómo pudo un negrito sudaca lograr eso?

—Se tiró a la piscina. Si no aceptaban renunciaría a su cuenta, lo que habría implicado el blanqueo de los que ponían la guita. Se la vieron venir, los relojeros. Antes que blanquear sus identidades, los de la firma misteriosa seguramente retirarían el total de los fondos, y eso a ningún banquero le gusta ni medio. Aceptaron la transferencia y la cláusula aunque implicara la interrupción del flujo, supongo que por aquello de más vale pájaro en mano. Por supuesto que, al enterarse, los patrones del Chivo le cortaron los víveres, pasó a ser un paria con un colchón de guita que no podía tocar. Victoria Zemeckis se lo sacó de encima y en el interín el Rubio volvió de Malvinas con la idea fija de colgarse bajo el puente de Salguero.

—¿Por qué no mataron al Chivo veinte años antes?

—Lo necesitaban, Mareco. El titular formal de la firma misteriosa era un brigadier que zafó de los juicios por violaciones a los derechos humanos pero cayó ajusticiado por verdugos locales: viejas cuentas que seguramente el milico aviador pasó a incobrables, creyendo que los lavadores de plata respetan los indultos que generosamente da el gobierno. El Chivo quedó sentado sobre ese hormiguero verde. No hubo juicios sucesorios por la fortuna malhabida del aeronauta, sólo entraron a correr los plazos. En seis meses a partir de la muerte del brigadier, el Chivo Robirosa ya estaría en condiciones de retirar solito su fortuna.

—Esos seis meses debieron cumplirse hace poco.

Gargano había terminado su desayuno y estaba milagrosamente vivo, a pesar del veneno para ratas que el coreano mezclaba en su café con leche. Prendió un cigarrillo negro y cerró un ojo, como para tomar puntería.

—El día exacto en que lo mataron —disparó, expulsando un humo denso como el de las chimeneas de Chernóbil.

44

Si hay gente que arma expediciones para ir a buscar los tesoros que galeones y carabelas se llevaron al fondo del mar, ¿por qué iban a permitir que el Chivo Robirosa anduviera flotando por ahí con una torta de plata en sus bodegas? En todos esos años no le habían perdido pisada. Como a un preso que cumple su condena en Devoto y se mantiene vivo sólo para ir por su botín el día en que salga por fin libre. Pensar que las fuerzas del orden y del desorden no acechan afuera y no van a morderle los garrones en cuanto ponga un pie en la calle Bermúdez, es por lo menos una ingenuidad.

Ordenado y memorioso como buen manfloro, Dubatti lo fue a ver cuando los plazos se vencían. Sabía que el Chivo jamás tocaría esa guita. Por eso la «herencia» a Charo de mil setecientos dólares, todo su patrimonio líquido con el que podría haberse comprado un pasaje de ida y vuelta a Zúrich. Pero si lo hacía, era hombre muerto apenas cobrara. Si lo mataban antes, en cambio, la plata sería de Charo, la gallega de la que jamás se divorció a pesar de las trifulcas y los desplantes, de los escándalos en la comisaría del barrio y de sus posteriores devaneos con los mandamases de la época.

—No sé si el asqueroso de Dubatti se vistió de mina para matarlo o para seducirlo —dijo Gargano—. El caso es que, cuando llegó al conventillo de Constitución ya el Chivo estaba con visitas. Esas visitas debieron ser conocidos del manfloro porque en vez de cagarlo también a tiros le dijeron tomatelás puto de mierda no viste nada.

—¿Quiénes eran, Gargano?

—Eso habría que preguntárselo al manfloro, pero por ahora el juez lo va a tener incomunicado. Fueron a matarlo, no lo torturaron, ni siquiera le pegaron, como si la guita guardada en Suiza no les importara. O a lo mejor pensaron: muerto el Chivo se acabó la rabia, nadie cobra un mango, la plata negra se pierde en el espacio negro y nadie sale perjudicado, qué son dos o tres millones si se trata de que la gilada no se avive y nos siga votando para hacer negocios de verdad.

—Pero Dubatti y Zemeckis sí querían cobrar. Miré la agenda del Chivo de arriba abajo, sin embargo; era una especie de diario personal, había algunos números de teléfono pero ninguno me pareció que fuese una clave o algo parecido.

—Claro, porque el Chivo no era boludo, a pesar de haber nacido en la sierra. La clave para acceder a la cuenta no está en la agenda, la tiene Charo.

La falta de descanso, la sordidez del bar, metido en ese Harlem amarillo en el que a Gargano le gusta vivir, exageraron mi gesto de incredulidad, de tardío asombro.

—¿La tuvo siempre?

Gargano cabeceó, complacido.

—La tuvo siempre. La vela del odio que le prendía a los otarios que como vos fueron a darle el pésame era un camuflaje para jugarla de víctima que ignoraba todo, por lo menos hasta que el asesino del Chivo se quitara el antifaz.

—Por eso fingió aliarse a Dubatti y Araca.

—Fueron a buscarla. Mi pobre perro y el canario de Charo pagaron con sus vidas la furia de estos asesinos seriales de mascotas. Cuando empecé a entender cómo venía la mano, hablé con Charo. Se dejó encontrar a mi pedido y los convenció de que compartir la guita con ellos era lo mejor, después de todo la torta era demasiado grande para comérsela sola y ella jamás había salido de la Argentina, el matrimonio Fernández tiene amigos afuera, le daría una mano para cobrar sin levantar la perdiz y, gracias a ellos y sus influencias, después ya nadie la jodería. El argumento les pareció razonable, sobre todo porque se dieron cuenta de que sin ella no habría guita para nadie.

—¿Por qué viajó entonces el Chivo a Mar del Plata en vez de tomarse el raje, ponerse a salvo? ¿Para qué quiso ver a la Zemeckis si sabía que no le iba a dar bola?

—No sé si quiso verla, Mareco. Anduvo haciendo ruido por la costa, es cierto, como quien entra a afanar en una casa pateando muebles y pisando vidrios rotos. Sabía que iban a dársela, que no iban a permitirle que tocara un solo billete de la guita guardada en Suiza. A lo mejor buscaba protección, o quiso darle a la griega una coartada servida en bandeja para que no la implicaran en su muerte.

—A su modo, la seguía queriendo, supongo —advertí, casi maravillado—, o hasta último momento necesitó saber, que alguien le explicara qué había pasado con el Rubio.

Gargano se sacudió mis especulaciones como caspa sobre los hombros.

—Algún cortocircuito tuvo en el cerebro, es cierto, pero no me hagas llorar. Mientras Charo creía que se las había tomado a Suiza, el Chivo volvió al matadero de Constitución y puso la cabeza. Después Dubatti, que además de maricón siempre fue un megalómano sin talento, le hizo creer a la Zemeckis que él lo había liquidado.

—No quiso resignar su minuto de gloria.

—Y supongo que tuvo miedo de quedarse solo en la estacada. Si la griega se enteraba de que los de la mafia iban un paso por delante de sus ambiciones, capaz que arrugaba. Dubatti creyó poder burlarlos, cortarse solo. Pero en este negocio el cuentapropismo está mal visto.

—Los caribeños no eran entonces los clientes que simularon ser.

—Lástima que tu intuición de taxista no funcionó a tiempo para quedarte afuera de este embrollo. Dubatti pisó en falso, quiso engañarlos, vendió influencias que ya no tenía. La guita que llevaban sus clientes era falsa, pero las metralletas eran verdaderas. Asesinos del Mercosur, este intercambio se da mucho ahora en los mercados emergentes.

No tuve más remedio que felicitarlo por su investigación y por el ascenso que justificadamente se habría ganado.

—Ascenso, las pelotas. Con el quilombo que armé tengo el ostracismo asegurado, y eso si la saco barata. A los grandes jefes les caen como patada al hígado los justicieros, Mareco. Soy un poli, no el Llanero Solitario, y si les doy la espalda unos segundos para gritar jaioó silver, me bajan de un itacazo antes de salir al galope —explicó Gargano mientras caminábamos por plaza Once abriéndonos paso entre desocupados y predicadores. Hablaba como mascando tabaco, llenándose la boca con el jugo amargo de sus conjeturas, y escupiéndolas.

—No hay justicia, Mareco, la democracia es jauja. La Argentina fue siempre un cuartel bajo el mando de generales cobardes. Ahora la gobiernan una casta de manfloros más travestidos que Dubatti.

—Bienvenido al anarquismo —le dije.

—Andá a cagar.

Miró ese paisaje desolado de buscavidas, de autómatas desempleados, de sirvientas sin señoras ni señores, de albañiles tucumanos o jujeños capaces de desollar vivo al primer boliviano o paraguayo que se atreviera a ofrecerse para levantar una pared por un mango menos.

—Se acabó la historia, Mareco. Tenía razón ese japonés Fukiyama, Tokoyama o no sé cómo se llama. Fin de la función, prendieron las luces pero no nos damos por enterados y estamos todavía con el culo clavado a la butaca, esperando que la caballería de los Estados Unidos venga a salvarnos.

—Te faltó averiguar algo, Gargano —le advertí, parándome en medio de la plaza y del círculo que habían formado los seguidores de un pastor ambulante—: ¿Por qué el Chivo se dejó matar? ¿Por qué se vino abajo y empezó a desgarrarse mucho antes de que allá en el hoyo lo descarnaran las lombrices?

Gargano había seguido caminando y parecía no haberme escuchado, pero se plantó a pocos metros y volvió con algo en la mano, un papel liviano y arrugado, una carta manuscrita.

—Yo nací poli, no sicólogo. Nunca me calenté por tener respuestas para todo, Mareco. Si a lo mejor llego a viejo es porque me sé cuidar y no le doy la espalda a nadie, ni a los amigos. Este papel lo encontré entre los pocos efectos personales del Chivo, no creo que te aclare nada ni que, en el fondo, tampoco a vos te importe demasiado llegar a la verdad —dijo—. Y ahora borrate. Avisale a Navarro que no me busquen para la próxima reunión de ex alumnos.

Se subió a un desvencijado siam di tella, estacionado entre dos colectivos.

—Esos hijos de puta me tiraron el Bergantín al Riachuelo —me informó a los gritos, a modo de despedida, y se fue, echando un humo negro y espeso como el de sus pulmones y las chimeneas de Chernóbil.

—¡Dios es eterno, omnipotente y misericordioso! —bramó por su megáfono el predicador instalado junto a mí, en el centro de aquel círculo dibujado por sonámbulos.

45

«Y todavía estoy hundido en un pozo sin fondo de barro y agua helada —habían escrito en el papel que era el fragmento de una carta sin firma—.Todavía escucho los gritos de Adrián y del Pelado hechos mierda, y los veo desangrarse a mi lado interminablemente mientras vos y Victoria me dan la espalda y se alejan corriendo, entran en la lluvia donde están todos mis recuerdos, en la selva de agua donde crecen el deseo y el terror como gigantescos hongos venenosos», rezaba el fragmento redactado por quien debió ser además un fragmento de sí mismo y que terminaría desangrándose como sus compañeros de trinchera, como ese Adrián y ese Pelado a quienes les llegó demasiado tarde el bálsamo de la rendición en las islas, la bandera blanca sobre centenares de cadáveres, la desmemoria ondeando sobre campos minados y los gritos que de a poco se hundieron también en la niebla.

Me hubiera gustado volver a hablar con Charo, alguna vez. Qué sintió ella si leyó esa carta que Gargano había rescatado de entre los escombros. Qué, más allá de la incredulidad y de la sacrosanta indignación. Me hubiera gustado preguntarle si no se había arrepentido alguna vez, si no había soñado en que volvíamos juntos a aquel día en que decidimos separarnos y, como fulleros del tiempo, cambiábamos la letra, gritábamos truco con veinticuatro y salíamos ganadores sin mostrar las cartas. Mentir no es tan jodido si se trata de ser felices, después de todo. De llegar enteros al final del juego, haciéndonos señas aunque el valor de los naipes no justifique tanto embuste, aunque estemos condenados de antemano a pagar deuda e intereses cuando llegue la hora del ajuste de cuentas. Pero mientras tanto qué delicia, qué suaves las miradas y qué jóvenes los cuerpos, qué mieles reventando las colmenas, qué larga primavera, qué mares en calma.

Charo supo lo que hacía cuando decidió no verme más, romper los puentes del pasado y abrazarse a lo que fuera, por ejemplo a un poli que iba por su cuerda floja sobre el abismo disparando a ciegas mientras hacía equilibrio, que había dejado su montón de ladrones acribillados y de mujeres infelices reclamando alimentos y que, estaba claro, nunca llegaría a comisario general.

La Pecosa me llamó esa misma tarde desde Nueve de Julio, en la provincia de Buenos Aires. ¿Estás en París?, le pregunté.

—Voy en camino. Tenés que venir a verme, Mareco: la gente me aplaude de pie, soy la Maizani, soy la Rinaldi, soy la reencarnación ovárica de Gardel.

Me tomé un ómnibus y esa noche fui uno más entre los que aplaudieron parados a Gloria la Pecosa en el teatro Provincias. Después fui a comer con el elenco a una cantina, me reí con los cuentos y la imitación de Troilo que hizo el bandoneonista, los otros dos cantores de la típica le regalaron a la Pecosa flores y bombones, y me pregunté si toda la orquesta se la cogería y por eso estaban tan contentos, o era sólo la música, las penas de arrabal y los himnos a la vieja que, compartidos, dan vuelta de un cachetazo a la tristeza.

—Alguna vez habló de ese asunto, aunque mejor olvidarlo. Dijo que se había cogido al Rubio para que se diera cuenta de que ningún culorroto puede aspirar al amor de un hombre de verdad —recordó después la Pecosa a su pesar, cuando insistí en que me contara porque yo no iba a pasarme la vida examinando papeles, porque ni mirándolos al trasluz ni con rayos equis podía entender por qué lo había hecho—. «Pero al Rubio se lo chupó la guerra, no fui yo, yo no tuve la culpa, Pecosa», decía. «¿Qué culpa tengo? El Rubio era un pervertido y los pervertidos terminan mal, no hay lugar en este mundo para los que ofenden el orden natural de las cosas. Además, nunca me dio el cuero para querer a nadie.»

—Te quiso a vos, a pesar de todo.

—A mí cualquiera me quiere, Mareco, qué gracia tiene —sonrió sin pecas la Pecosa y me preguntó si podía por fin irse a dormir.

—Decime algo más, Pecosa. Si vos sabés.

—Creí que habías venido por mis tangos, fijate qué ilusa. Y no: querés saber y saber, y después no vas a tener los huevos para bancártelas.

—¿Bancarme qué? ¿Que el Chivo era bufa, que rompió todos los manuales por nada y que te puso a vos de señuelo con mil quinientos mangos roñosos, nada más que para que yo averiguara por Charo lo que Charo ya sabía, que fue un hijo de puta?

—Y de los buenos, Mareco, un buen hijo de puta, uno de los que con cara de yo no fui te mandan al infierno y después les dicen a los curiosos que fue culpa tuya, que tropezaste, que quiso agarrarte pero no pudo.

—¿A quién más mandó al infierno el Chivo?

La Pecosa bajó sus párpados hinchados y un rubor azulado como una cianosis le tiñó las mejillas.

—No vas a decírselo a nadie, ¿no? No vas a ser chivato.

—¿Y a quién le importa, si está muerto? —dije, mejorando el cinismo de Gargano.

—A vos, supongo, por el modo en que jodés para enterarte de todo. A su ex mujer y a los hijos, si lo supieran, porque nadie queda indiferente cuando se desayuna con que no compartió su vida con un querubín.

—¿Si supieran qué, Pecosa? —la apuré, como un boxeador que desobedece la cuenta protectora del juez y le sigue dando al adversario hasta demolerle el cerebro.

La Pecosa se reanimó como un fuego que se aviva antes de consumir su último leño, la reconstrucción del hecho debió soplarle con ganas el consumido corazón y reencendió las cenizas de una relación que hasta esa noche había considerado tan muerta como el Chivo Robirosa. Contó entonces a media voz y escudriñando detrás de mi mirada de sapo, con el desasosiego de una mujer que busca un chispazo de humanidad en los ojos del cura tras el enrejado del confesionario, que había sido el Chivo quien mató a Fabrizio.

—Lo cocinó a balazos con el arma que el mercader tenía para defenderse. Me lo confesó cuando volvió de su excursión a Mar del Plata, después que Victoria Zemeckis lo dejó pagando: fue a buscar protección y la guacha le soltó los perros. Antes de que lo mataran se inventó la historia que a vos te contó, la de víctima, la del ateo que al final de su vida y sin haber pagado una sola cuota pide que desde el Vaticano lo declaren santo. Quiso que fueras vos el que se internara en su pasado, por eso te dejó esa guita y el encargo. Reventó a ese Aristóteles Fabrizio, Mareco, ¿entendés de lo que hablo? Más asco y culpa le daba aplastar las cucarachas de su pieza inmunda de San Telmo: discutieron, no me preguntes por qué, problemas con la merca, agachadas, trampas, lo de siempre. Pero la causa fue el hartazgo del Chivo, la necesidad de masacrar a un tipo por el que nadie lloraría. «Por tendero —me dijo—, ratas como ésa les ven las caras a sus clientes, son amigos de las familias, buenos vecinos que no se privan de dar el pésame a los padres cuando un pibe se pasa de rosca o se corta las venas porque no consiguió guita para la falopa.» Llenó de plomo al mercader y se hizo matar: ése fue tu amigo, Mareco, el crack, el Nijinski de la ovalada, un cabecita negra subido a un Porsche que encaró por la autopista de contramano. Yo también lo quise. Más que vos y que esa mojigata de Charo. Lo quise sabiendo lo que era: un pobre tipo y hasta un asesino que mató a esa basura porque sí, no por hacer justicia ni nada que se le parezca. Por esconderse, por tapar con sangre sus remordimientos, no hay que darle tiempo al arrepentimiento, decía, y eligió morir como una comadreja en su madriguera que escucha sobre su cabeza los pasos del cazador.

—Pero si no buscaba justicia y no tuvo huevos para la venganza, si el mundo entero le importaba una mierda, ¿por qué se pudrió de esa manera? Aceptó la guita que le pusieron en Suiza, ésa es la única verdad. Nadie imaginó que no pensara en tocarla, ni él mismo, seguramente, por lo menos en aquella Navidad del setenta y nueve cuando se lo veía tan a gusto entre maricas y torturadores.

La Pecosa estaba reseca de frustración y de hastío, harta de mí, de sus recuerdos, del mundo que se negaba a apagar la luz para que ella se fuera a dormir.

—Sos de los que les gusta joder hasta que consiguen que les peguen —reaccionó—. ¿Quién se pudrió más, Mareco, él o vos? No te hice viajar doscientos kilómetros para esto, pero ya que me estropeás la noche con tanta saña te voy a cantar un tango que no está en mi repertorio.

La sacrosanta indignación, el derrumbe del olvido como un rancho de adobe. Hasta ese día había insistido, tal vez porque creí que, después de aquella tarde en Chascomús en que estuvimos a punto de abrir nuestra cajita de Pandora, nadie me lo recordaría. Me había envalentonado con la posibilidad de construir sobre tanto despojo una verdad a mi medida, de algún modo estaba parado sobre ella y disfrutaba probando que ya nada me podría herir.

Pobre Pecosa, empezó a temblar como si la obligaran a rematar a un herido en el campo de batalla. Por hacerle un favor le pedí que se callara, le anuncié que ya me iba, pero era tarde. La había puesto contra la pared y ahora defendía su derecho a terminar de una vez por todas con el Chivo, conmigo, con su cansador oficio de pasarse la vida compitiendo con otras putas y travestis por acostarse con tipos que acaban inevitablemente entre maldiciones.

—Siempre supo todo, Mareco. Siempre supo que vos y Charo lo cagaron. Y aunque te suene cursi, se aguantan muchas cosas en la vida pero la traición de un amigo es una bomba de profundidad. Por eso soy puta y canto tangos, y por eso la podredumbre, el desconsuelo del Chivo. Se hizo el sueco, supongo, se inventó de nuevo allá en Europa y se sostuvo así, igual que yo, como un muñeco clonado. «Qué humillación, Pecosa. Si me hubieran corneado sin misericordia, por lo menos. Si me hubieran dado la chance de reventarlos a tiros. Pero me traicionaron por nada, no se atrevieron a dar la cara y ser felices, ella no lo admitió nunca y él está llegando a viejo haciéndose el boludo» —decía cuando chupaba, más triste que borracho—: mi mejor amigo, cuándo no, si es para tomárselo en joda; me di cuenta cuando volví para llevarme a Charo y al pibe, y ella no quiso venir conmigo. Lo que siguió después fue tan patético. Ya no tuve ganas de nada. A la mierda con ese tango, no soy Homero ni Celedonio, no voy a emborronar con sangre lo que otros escriben con tinta en los bares. Lo extraño es que yo la quería, Pecosa, y en sueños me sigue pasando: vuelvo a ella, la beso y me dice que sí, por qué no, Chivo, me dice, todavía estamos a tiempo. Y cogemos como nunca lo hicimos, pero acabo y siento la respiración de Mareco en la nuca como si él me estuviera cogiendo a mí, y está el Rubio mirándome desde abajo del puente de Salguero. Vos no sabés cómo miran los suicidas, Pecosa. No hay forma de convencerlos de que cierren los ojos de una vez por todas y se dejen de joder».

Temblaba como si los pecados fueran de ella, pobre mina que sueña con zafar del sida y alcanzar la fama de la Rinaldi. Había apretado el gatillo y no podía creer que yo siguiera de pie y con los ojos vacíos, como el Rubio bajo el puente de Salguero. Se quedó esperando los estertores de mi conciencia, mi descargo, la otra campana, la versión abolerada de la canción canalla. Pero desafino espantosamente cuando hablo de mí mismo.

Una cuarentona desencantada, con dos hijos que desde ahora irían por el mundo como eternos náufragos, sin acercarse ya jamás a la costa, no había encontrado mejor vía de escape que darse el piro con un poli y con la guita que el muerto cuidó para ella. Yo había sido entonces el mensajero, el verdadero cadete, el que recibió un día las llaves del infierno y, en vez de devolverlas y escapar, por una vez en la vida me mandé a abrir todas las puertas.

Ésos fueron los huesos que, escarbando en el basural, había podido desenterrar.

—Me tengo que ir.

—Tendrías que haberte ido hace rato, Mareco. Se te hizo tarde, me parece.

—El Chivo fue toda su vida un mentiroso. Si la hubiera querido de verdad, habría luchado. Me pasé veinte años esperando ese tiro en la cabeza, Pecosa.

—Y respiraste aliviado cuando se lo dieron a él.

46

Llovía cuando llegué de vuelta a Buenos Aires. Caminé tranquilo bajo el aguacero, desde la terminal de Retiro hasta el monumento a los caídos en Malvinas, un bloque de granito y mármol negro con los nombres de todos, menos los de los suicidas, en plaza San Martín, custodiado por dos soldados que temblaban sin heroísmo bajo el agua y que me miraron como a un gurka que, con la cabeza de un argentino en la mano, viene por su recompensa quince años después.

El agua bajaba por el muro, mezclando los nombres de tanto muerto al pedo. Bajo esa lluvia, concentrados como en un campo de prisioneros, se habían quedado los recuerdos del Chivo. Abandoné allí el sobre original con las fotos que me había enviado Rabindranath Gore Fernández. No sé si alguien las habrá recogido o habrán ido a parar a un contenedor de basura, pero no tuve coraje para destruirlas: el agua corre y tal vez, en el rincón más apartado de alguna desembocadura, a la vera del río o de alguna alcantarilla, la mirada de aquel viejo amigo habrá brillado todavía por un rato, como el arco iris de una lluvia tóxica.

Con alivio, los milicos de guardia me vieron ir y fueron a protegerse del temporal, no había nadie y quién se acuerda a esa hora, ni a ninguna, de las guerras perdidas.

Busqué un teléfono público y llamé a Huguito, necesitaba insultar a alguien y mi hijo menor era apuesta segura: estaba seguro de que no había salido esa mañana a manejar el taxi.

—¿Qué querés, viejo? Buenos Aires no existe, está sumergida, naufragó por fin, ¿no viste lo que es la calle? Manejo un taxi, no una lancha.

Iba a cortar pero me pidió un segundo de tolerancia.

—Ya que te dignaste a llamar, tengo algo que decirte y no lo tomes a mal. No te choqué el auto, no te asustes. Es peor.

Esperé, al otro lado de la línea.

—No tengo todo el día y me quedé sin monedas... ¿de qué se trata?

—¿Estás sentado?

—Estoy parado y en la calle, bajo el diluvio, domingo en pleno centro, no hay un solo boliche abierto, dale, hablá.

—Gustavo está de novio.

—Qué novedad, con el zapatero. No me digas que rompió, no me des esa alegría.

—No. Se casa.

—«¿Se casa?»

—Sí. Mañana.

En el visor del teléfono público apareció la leyenda «crédito agotado».

—Mañana, viejo, qué vas a hacer. Y quiere que vos vayas a la ceremonia. No es en el registro civil, claro, no estamos en Holanda, esto sigue siendo la Argentina. Quiere que vayamos los tres: vos, mamá y yo. Pobre, somos su única familia, después de todo. Van a hacer una reunión en su departamento, amigos y parientes progres, y ahí piensan ponerse los anillos. ¿Te vienes?

Un rayo partió el cielo y un trueno apocalíptico sacudió los edificios a mi alrededor, crédito agotado, la tierra iba a abrirse bajo mis pies antes de que pudiera reaccionar. Huguito preguntó «¿qué pasa, están bombardeando?, poné otra moneda, no seas carcamán, te prometo que cuando me toque a mí, me caso por iglesia y con una mina vestida de blanco, dale, ¿le digo a Gustavo que vas?»

Busqué frenético en el fondo del bolsillo y encontré entre hilachas y pelusas una moneda de cincuenta y la dejé caer por la ranura del teléfono. Medio dólar me pareció poca plata por mi decisión. Por el mismo precio, sin embargo, Huguito prometió retransmitirle a Gustavo mi respuesta, ahorrarme el mal trago de ir al pie y traicionar mis convicciones.

—Pero con dos condiciones, y que quede claro: a tu vieja no quiero verla ni pintada, que la encierre en el baño cuando yo llegue.

—Ésa es la primera, ¿y la segunda?

—Que el vals con la novia lo baile otro.

Epílogo

Estoy de lo más tranquilo mirando la tele en casa, tomando mi segundo whisky y soñando ya con el tercero, y una noticia más en el informativo de la medianoche: la muerte de un tipo que fue funcionario de gobierno en la provincia, que estuvo preso un par de meses, envuelto en un fugaz escándalo por tráfico de drogas, y salió para perderse en el anonimato, aunque en uno o dos años bien podría haber vuelto de polizón en alguna lista de diputados o concejales. No le dieron tiempo, parece, y es noticia policial.

Imágenes de archivo del gobernador —que sigue siendo el mismo—, recibiendo a una delegación de empresarios chinos o japoneses, y en segundo plano un gordo pelado y robusto que recoge y consuela las manos tendidas que el gobernador no da abasto para estrechar. La voz en off del locutor informa que se trata de Romeo Dubatti, ex secretario privado del mandatario provincial, cuyo cadáver fue encontrado en un pesquero fondeado en el puerto de Mar del Plata. Se investigan las escasas pistas existentes y no se descarta la hipótesis de un ajuste de cuentas.

En pantalla, imagen congelada y un círculum enmarcando el rostro del Romeo que en sus ratos libres fue Julieta.

Me quedo un rato desvelado, con el televisor y la mente en blanco. Después del informativo, un cura habla sobre pecados que han dejado hace tiempo de ser originales. «Volveríamos a crucificar a Jesús si apareciese de nuevo entre nosotros», advierte el sotanudo, dispara al aire su cretina conjetura.

Dubatti jugó al rugby, como el Chivo. Fueron jóvenes, aunque cueste imaginarlos con veinte kilos y treinta años menos, con ideales —nazis, en el caso de Dubatti—. Cocinados en una salsa que por lo visto pocos se privan de probar, la posibilidad de distinguir a uno del otro se desvanece con el susodicho paso del tiempo. Sus asesinos pueden haber sido los mismos, poco importa y ya nadie se va a calentar por averiguarlo.

En la cabina de la barca de pescadores amarrada en el puerto marplatense lo ejecutaron al manfloro. Como aturdidas por el disparo, en vez de espantarse, unas gaviotas estuvieron volando en círculos sobre la cubierta durante por lo menos media hora. Un viejo pescador, un calabrés hipertenso y desdentado, declaró a la tele local que nunca había visto nada parecido: «un vero messaggio di disgrazia, e quantunque il sole brillaba nessuno partió al mare».

«¿Mensaje de quién, o de qué?», le preguntó el cronista, y el viejo se quedó mirando a cámara sin saber qué contestar, murmurando un *va fangulo* que el micrófono no registró.

No lo dijo el cura de trasnoche porque los curas usan todavía el arcaico lenguaje de la camorra romana que se lo cargó hace dos mil años. Pero lo cierto es que si, aprovechando el fin del milenio, a un tal Jesús se le ocurriera caerse por estos aguantaderos preguntando por su viejo amigo Judas con la sana intención de invitarlo otra vez a cenar, no habría esta vez juicio previo alguno ni cruces ni sudarios. Y el cadáver del ingenuo aparecería una mañana cualquiera, flotando entre las lanchas de los pescadores de Mar del Plata. O lo encontrarían, ya avanzado el siglo veintiuno, encerrado en el Káiser Bergantín de Gargano, en el fondo del Riachuelo y con un tiro en la nuca.

No somos perros. Soñamos y recordamos a medias, y en algún momento mezclamos todo, los sueños y nuestra versión de la vigilia con las ganas de matar o de ir al baño, y ya no sabemos de qué se trata la felicidad, ni mucho menos cómo encontrarla. Y el tiempo pasa. Y un tipo cualquiera, uno de tantos, un don nadie, se desangrará una noche de éstas frente al televisor haciendo zapping y mirando sin ver un canal que no eligió.

Me sirvo el tercer whisky y apoyo el vaso sobre la correspondencia que recibí esta mañana. Lo habitual: facturas de gas, luz, teléfono, impuestos municipales y la última intimación del abogado de mi ex mujer sugiriéndome que prepare una valija con diarios viejos y frazadas porque estoy a punto de dormir en la calle. Levanto el vaso, lo vacío de un trago y, antes de apoyarlo en el mismo lugar, separo y vuelvo a mirar la postal que llegó desde Locarno, Suiza.

Lindo paisaje con pueblito alpino y verdes praderas insinuadas al fondo de estrechas calles entre casas de muñecas. No hay firma. Y una sola frase, manuscrita: *ascenso, las pelotas*.